繁星点点
——都德短篇小说选

[法] 都德 著　朱燕 译

有时候，我会想象着，
这繁星中的某一颗，
最美最亮的那一颗，
正懵懵懂懂的迷了路，
于是停落在我的肩头睡着了……

繁星点点

繁星点点

——都德短篇小说选

[法] 都德 著　　朱燕 译

复旦大学出版社

看得见风景的新译本

世界短篇小说大师作品选(文库本)出版说明

独特的翻译塑造作品,塑造译者,也塑造读者。

就像——林少华以优美的中文让读者一直以来爱着一个并不存在的村上春树;潘帕半路出家,从《芒果街上的小屋》辗转到了《最初的爱情,最后的仪式》,举重若轻,如鱼得水。要说全然忠实和"准确",他们全都不算,起码,林少华背叛了村上原文中的那一部分粗俗;潘帕压根没有经过专业的翻译训练。然而他们的译本有个性、有生命,赢得了广大读者的心。董桥先生说,高等译手是"跟原文平起平坐,谈情说爱,毫无顾忌"。

复旦大学出版社出版世界短篇小说大师作品选,本着"年轻人译、年轻人读"的全新宗旨,邀请一批年轻译者,以他们对作品的理解、对作者语言风格的揣摩,用生动而具时代感、准确而更符合年轻人阅读习惯的中文译出,望在林林总总已出版的世界经典短篇小说选中为年轻读者提供阅读经典的全新体验。本套文库本第一辑精选爱伦·坡、马克·吐温、莫泊桑、王尔德、契诃夫、欧·亨利、杰克·伦敦、芥川龙之介、菲茨杰拉德等短篇小说大师的名篇,于2011年出版之后,受到了广大读者的喜爱。此次推出第二辑,精选了海明威、霍桑、狄更斯、毕尔斯、都德五位名家的短篇作品。之后,还有可能推出第三辑。

也许这套文库本的翻译还无法达到"人约黄昏后"的境界而仅止于"人在屋檐下",但每一个译本都倾注了译者的热情,渗透了译者的个性。一种令人怦然心动的翻译,不仅仅在于译文谨小慎微的准确性和精确度,更在于它是否同时塑造了作品、译者和读者。

但愿这套短篇小说文库本能带给读者亲切感和阅读价值,也让读者见到与众不同的风光。

001　繁星点点

010　金脑人传奇

016　高尼勒师傅的秘密

025　小馅儿饼

033　教皇的骡子

049　旗手

058　散文诗

067　柏林之围

079　待售房屋

087　入住磨坊

092　在博凯尔的公共马车上

099　塞甘先生的母山羊

110　小间谍

123　小红山鹑的激愤

133　母亲

142　阿尔勒城的姑娘

149　老两口

160　最后一课

169　两间客栈

176　橙子（幻想曲）

183　诗人米斯特拉尔

197　在卡马尔格

繁星点点

——一个普罗旺斯牧人讲述的故事

自打我到吕贝宏①山里照看牲口群,已经有好几个礼拜没见到大活人了,整片草场只有我孤零零一个人,同我做伴的也只有我那只拉布里②猎狗和这一群母绵羊。时不时能看见去山里采摘草药的吕尔山③隐修士打牧场这里经过,或是见到某个皮埃蒙特④煤炭矿工黝黑的

---

① 法国东南部普罗旺斯地区的一个山脉。
② 法国南部的一种猎狗。
③ 吕尔山坐落于普罗旺斯北部。
④ 意大利北部地区。

脸庞；都是些天真质朴的人，多年形单影只的生活使他们习惯了沉默寡语，早已丧失说话的兴趣，也对山下的村落或者城镇里谈论的各种事情浑然不知。也因此，每隔半个月，当我听到上山的路上传来我们农庄那头公骡子脖子上的铃铛声（它给我送来半个月的食物），当我看到山坡上慢慢出现小米亚洛（农庄小伙计）机灵活泼的小脑袋或者诺拉蒂老婶婶头上红棕色头巾的时候，我可真是幸福极了。我就让他们给我讲讲山下都发生了哪些新鲜事，哪家小孩受了洗礼啦，谁家娶了媳妇啦；但让我最感兴趣的莫过于我家主人的千金，方圆十里最漂亮的斯蒂法奈特小姐最近怎么样了。我装出一副若无其事的样子，打听着她是否还经常去参加聚会和节日化妆晚会，是否向她示爱的追求者还是络绎不绝；若是当别人问起我，打听这些事情对于我这个可怜的山里牧人来说，又有什么意义，我会回答说，我的年纪虽不过20挂零，但斯蒂法奈特是我平生所见最美的女孩。

然而，某个礼拜天，我一心期待的每隔半个月的食物补给晚到了许久。早上我还暗自寻思着："莫不是让大弥撒给耽搁了。"接着，约摸正午的时候，下了场大暴雨，我估计是糟糕的路况让骡子上不了路。终于到了三点来钟，万里碧空如洗，山间的水珠在阳光的映衬下闪闪发光,在树叶的滴水声和雨后暴涨的溪水泛滥声中,我分辨出了骡子的铃铛声,如此欢快,如此轻盈,就像复活节的大排钟齐鸣。赶着骡子来的人既不是小米亚洛,也不是诺拉蒂老婶婶。是……您猜猜……是我们的小姐,孩子们!是我们的小姐亲自来了,只见她端坐在几个柳条筐中间,山里的新鲜空气和暴雨带来的丝丝凉爽为她的脸蛋儿增添了几分嫣红。

原来米亚洛这小家伙病倒了,正巧诺拉蒂婶婶又去了儿女家度假。美丽的斯蒂法奈特小姐一边告诉我这些,一边跳下了骡背,她还解释说因为她迷路了,所以才会迟到这么久;可看她这一身漂亮的节日打扮,花样的长绸带,闪亮的半身裙还有那丝丝花边,可不像在荆棘丛中找路的狼狈样子,倒像是让舞会上某支舞给耽搁了。哦!这娇美可人的女孩儿!我的双眼不知疲倦地注视着她。说真的,我从来没有如此近地观察她。有时候冬天里,当牲口群下山回到平原上,我晚上回农庄用晚餐时,会看见她迅速地穿过大厅,她几乎不与仆人们说话,总有些清高自矜……可如今,她就站在我面前,只是为我而来;这怎能不叫我欣喜得失了分寸?

斯蒂法奈特把筐里的食物都卸下来之后,就开始好奇地打量着周围的一切。她微微提起漂亮的礼裙,生怕弄脏弄坏,走进了临时羊棚,想瞧一瞧我过夜的角落,那里铺着草秸垫子和一块羊皮,墙上挂着我的大斗篷、牧羊棍子还有一杆火石枪。这些东西让她觉得很有趣——"这么说,你就住在这个地方喽,我可怜的牧羊人?你总这样一个人该有多闷啊!你都做些什么事情?你成天都想些啥?……"我其实很想告诉她:"想您呗,小主人,"而我也压根不想撒谎;可我脑中一片混乱,找不出一句话来回应。我相信她肯定也察觉了我的窘迫,而这小没良心的却很乐于让我窘上加窘,她开起了玩笑:"那你的小女朋友呢,小牧人,她会经常上山来看你吗?……她爬起山该像金色山羊那么厉害,或者干脆就像爱斯苔蕾仙女那样在山头上飞来飞去吧……"而她自己,在和我说话的时候,看上去倒很像爱斯苔蕾仙女,扭过小脑袋朝我露出一抹倾城的笑容,然后便急着离去,她的来访倒像是仙女显灵。

"再见啦,小牧人。"

"再见,小主人。"

于是,她带着空空的柳条筐离开了。看着她消失在斜坡的小道上,那些让骡子蹄子踢得飞滚的小石子,仿佛一颗接着一颗落在了我的心尖。我久久地、久久地听着那石子滚动的声音;久到太阳落了山,我依然恍如梦中,不敢动弹一下,生怕惊走了我的美梦。临近傍晚时分,青翠山谷渐渐妆成深黛的颜色,羊群聚拢了起来,咩咩叫着排队返回羊棚。这时仿佛下坡道上有人喊我,然后我就看见我们的小姐出现了,她不再如方才笑容可掬,而是打着寒战,还一副惊恐未定的样子,浑身湿漉漉的。事情似乎是这样的,在山坡下,她见到索尔格①河水因为暴雨的关系猛涨,可她执意不顾一切地渡河,于是差点儿溺水死掉。最可怕的是,到了晚上这个时间,根本就别指望能返回农庄;至于回山下的羊肠捷径,我们的小姐独自一人上路的话,根本不可能找到,而我呢,又不能抛下羊群。一想到要在山里过夜,她就坐立不安,尤其家人会为她的不归而担忧。我尽量地安慰她:"7月的夜晚十分短暂,小主人……不会受很久罪的,很快就会过去。"我赶紧点燃了一堆旺火,让她烤干双脚和被索尔格河水浸得湿透的裙子。然后,我端了杯奶,还有羊奶软干酪给她;但可怜的小女孩既没心思烤火,也不愿意吃点东西,看到她的眼睛里泪水像金豆子一样往外涌,我都想哭了。

此时,暮色已完全降临。只在群山脊背上剩下一抹残阳的碎屑,一缕余晖的热气。我让我们的小姐进羊棚里休息。我祝愿她能躺在新鲜草秸和崭新的羊毛垫上睡

---

① 罗纳河支流。

个好觉,而我则打算在门外,坐着将就一晚……上帝可以作证,尽管爱情的烈火让我热血沸腾,但我不曾有过一丝一毫的坏念头,只有一种强烈的自豪,想象着在羊棚里的某个角落,身旁的羊群好奇地看着她睡觉,我主人们的女儿——像羊群中那一只最为珍贵也最洁白无瑕的母羊——她静静地睡着,放心地让我为她站岗放哨。在我看来,苍茫天穹从来不曾如此深邃,点点繁星亦不曾如此明亮……突然,羊棚的栅栏门轻启,美丽的斯蒂法奈特出现在门口。她睡不着。羊儿们不是翻身时弄得草秸窸窣作响,就是睡梦中也不忘咩咩说着羊儿的梦话,所以她情愿出来烤火。见她这样,我脱下身上的一块母山羊皮搭在了她肩膀上,然后把火拨弄得旺一些,就这样我们肩并肩坐在一起,谁都没有说话。如果您曾在美丽的星空下露宿野外,您就会知道,在众人皆睡的时候,一个神秘的世界正在孤寂和沉默中苏醒。于是泉水的歌声更清亮,池塘上点起了无数小萤火。所有山里的精灵都出来自由往来;夜空中飘来阵阵沙沙声和一些难以觉察的声响,就好像可以听见树枝在生长,青草在往上蹿。白昼属于生灵,而夜晚则是非生灵的天下,如果不习惯这事,确实会感到挺恐怖……所以我们的小姐浑身不住打战,一听到风吹草动就紧紧抱着我。有一次,一声长长的悲鸣声,从山腰下闪闪发亮的池塘传来,这声音忽高忽低,忽上忽下地传进我们的耳朵。与此同时一颗美丽的流星在我们头顶的夜空划过,消失在刚才发出声音的同一个方向,就仿佛我们之前听到的哀鸣伴随着一道灵光。

"那是什么东西?"斯蒂法奈特小声问我。

"是一颗灵魂飞进了天堂,小主人。"我画了个十字,她也跟着画了一个,然后仰起头,冥思了一会儿,很虔诚。接着她对我说:"这是真的吗,小牧人,你和其他牧人真的都是巫师?"

"不是的,小姐。但是这里,我们牧人所在的地方离星星更近,所以我们对于天上发生的那些事要比平原上的人们更清楚一二。"

她一直望着天空,双头托着下巴,身子裹在羊皮里,就好像一个天堂里的牧童仙子:"星星多得数不清,好漂亮!我从来没见过这么多星星……你知道这些星星的名字吗,小牧人?"

"当然啦,小主人……您看,我们头顶正上方的这些叫'圣雅各之路'(银河的别称),这条路从法兰西笔直通往西班牙,是加利西亚①的圣人雅各划出来的,为的是给

---

① 西班牙的一个省。

正在与撒拉森①人作战的善恶分明的查理曼大帝指路②。稍远一些,您看到的是'灵魂战车'(大熊星座)和它四个闪闪发光的车轴。它前面的三颗星星叫'三头大牲口',紧挨着第三颗星的那颗小星星叫'赶车夫'。您看到四周那一片散落的星雨吗?那些是仁慈的上帝不愿意接纳进天堂的灵魂……略微往下一点,那是'齿耙',也被称作'三王'③(猎户星座)。这星星是给我们牧羊人当时钟用的。只要看看它,我就知道此刻已经过午夜了。再稍稍往下一点,永远朝向南方熠熠生辉的是'米兰的让'(天狼星),那是所有星星中最亮的一颗。关于这颗星星,牧人们还有个传说:据说某一天夜里,米兰的让、三王和小鸡笼(昴星团)受邀参加某个星星朋友的婚礼。小鸡笼性子最急,据说是第一个出发,抢占了天空的最高处。您看就那儿,最上面,苍穹的深处。三王从下方抄近路,很快赶上了小鸡笼;不过那个懒惰的米兰的让,睡觉起得太迟了,落在了最后一个,气急败坏之下,为了拦住三王,他把

---

① 源自阿拉伯语的"东方人",在西方历史文献中泛指伊斯兰的阿拉伯帝国。

② 所有关于天文的民间传说的细节均译自阿维尼翁出版的《普罗旺斯天文历》一书。

③ 三王指的是加斯帕尔(Caspar)、默尔希敖(Melchior)、巴耳塔撒尔(Baltassar)。

手杖扔了过去。这就是为什么三王也叫米兰的让的手杖……但是，茫茫繁星中最美丽的一颗，小主人，是我们牧人的星星，叫'牧羊人之星'，每天拂晓时分，我们赶羊出栏，它会为我们照明，夜晚领着羊归栏，它依然会为我们掌灯。我们还可以叫它'马格洛娜'，漂亮姑娘'马格洛娜'追逐着'普罗旺斯的皮埃尔'（土星），每隔七年就与他成一次亲。"

"怎么！小牧人，星星也能成亲？"

"当然可以啦，小主人。"

正当我试图向她解释星星们的婚礼是怎么一回事的时候，我感觉到某个清凉、纤细的物件轻轻压了压我的肩头。原来是她昏昏欲睡的小脑袋靠在了我的身上，还有揉皱的漂亮绸带、花边和波浪一样的秀发。她就这样一动不动，直到天上的繁星已然苍白，直到星光被微明的天色掩去最后一丝光彩。我瞧着她的睡颜，内心深处曾有过些许骚动，但是这繁星朗朗的夜晚却护卫着我的圣洁，让我只留存美好的思想。我们周围，点点繁星继续静悄悄忙着参横斗转，就像一群羊儿那么温顺；有时候，我会想象着，这繁星中的某一颗，最美最亮的那一颗，正懵懵懂懂的迷了路，于是停落在我的肩头睡着了……

金脑人传奇

——献给那位想看一些开心故事的女士

夫人,我读着您的信的时候,某种类似愧疚的心情油然而生。抱怨自己那些小故事里营造的轻丧色调有些过度。于是,我原本决心今天给您写些快乐的事情,绝对快乐极了的故事。

话说回来,又有什么事值得我愁眉不展呢?我距离云锁雾绕的巴黎城千里之遥,住在阳光明媚的小山冈上,此地长鼓声不绝于耳,麝香葡萄酒万里飘香。只有阳光和音乐环绕着我家四周,我有着白尾雀组成的乐队和山雀组成的合唱团。每天清晨,杓鹬鸟"古儿哩!古儿哩"地啼叫。响午时分,蝉鸣聒噪,还有牧羊人吹响的短笛声,以及葡萄园飘来的漂亮棕发女郎发出的欢笑声……事实上,在这里写些多愁善感的文字不怎么应景,我似乎更应该为诸位女士寄上一些甜蜜的爱情诗和满箩筐的情爱故事。

然而,做不到啊!巴黎离我依旧如此近。每一天,即便我窝在自己的小松树林里,巴黎传过来的种种忧愁事也能泥浆水似的溅上我身……就在写下这几行字的时候,我刚得知可怜的夏尔·巴巴拉不幸去世的噩耗;我的整个磨坊都沉浸在悲痛之中。永别了杓鹬鸟,永别了知了!我不再有任何心情享受快乐……夫人,这就是为什么我先前承诺给您写个诙谐好看的小故事,但今天您看到的依然是一则令人唏嘘的传奇。

从前有个人长着颗金脑袋;没错,夫人,纯金子的脑袋。当这孩子出生的时候,医生们都觉得他可能活不成了,因为他的脑袋太沉了,颅骨也大得出奇。虽说如此,他还是活下来了,而且像一株漂亮的橄榄树苗,在阳光照耀下茁壮成长;只不过这颗大脑袋一直是他的大累赘,每每行走时,大脑袋总能把家具撞个遍,让人看着感觉可怜兮兮的……他常常摔跟头。有一天,他从台阶上滚下来,脑门磕在了大理石石级上,头颅发出类似金锭撞击的声音。家里人以为他摔死了,结果把他拖起来一看,才发现不过受了一点点轻伤,他的金色发丝中间夹杂着三两滴已经凝固的黄金液体。这下子他的父母才知道这孩子的脑袋居然是黄金的。

这件事一直都是个秘密,就连可怜的小家伙自个儿也对此一无所知。时不时地,他会问大人为什么不再允许他和街头那些个小男孩一道在门前奔跑嬉戏。

"会有人把你偷走的,我可爱的宝贝儿!"母亲都这样回答他……于是,小家伙怕极了自己会被别人偷走;乖乖缩回去一个人独自玩儿,不言不语,顶着沉甸甸的脑袋,从这个房间踱到那个房间,来来回回地走……

一直到他18岁,父母才吐露实情,告诉他这笔获得老天爷恩赐的惊人馈赠的存在;而因为他们培养抚育他至今,作为回报,希望他把金子分一点点给他们。孩子没有丝毫犹豫,当时就给了——至于这孩子是如何取金子的?他又用了什么工具?传奇故事里并没有交代——反正他从头颅里挖出了一大块金子,有一个核桃那么大,然后傲慢地把金块甩在了母亲的大腿上……接着,他被大脑袋里承载的财富冲昏了头脑,怀着对物质欲望的疯狂向往和对自己强大能力的迷醉,他离开了父母家,挥霍着财富,去闯荡世界了。

看着他的这种生活方式,极尽奢华,大手大脚地挥洒着金子,别人兴许会以为他的金脑子取之不尽,用之不竭……然而,它却正在枯竭,慢慢地,人们发现他的双目日渐黯淡,面颊深陷。终于有一天,一夜花天酒地过后的早上,这个不幸的家伙一个人待在盛宴狂欢剩下的满地狼藉、华灯暗淡的现场,看到自己金锭子脑袋上已经被掏去的巨大缺口,他惊恐不安:是时候该停手了。

自此,他开始了新的生活。金脑人离开这里去了偏僻之地生活,他靠自己的双手劳动,像个守财奴一样多疑而惶恐,他躲避一切欲望诱惑,去努力忘却自己那笔要命的财富,他不想再去动用这金子……不幸的是,在他来过这种与世隔绝的日子时,有个朋友也跟着过来了,而这个朋友知道他的秘密。

一天夜里,可怜的家伙猛然惊醒,脑袋一阵剧痛,疼痛难忍;他狂乱地起身,借着一道月光,看到那个朋友一边逃跑一边将什么东西藏匿到大衣里头……

又一小块金脑浆被人抢走了……

不久之后,金脑人恋爱了,而这次一切都结束了……他狂热地爱上了一个金发小女人,这个女人也很爱他,但她更爱丝绒球、白羽毛和高帮皮靴边上摆动的金褐色流苏球。

在这个半小鸟半布娃娃①的娇小可人儿手中,金子就这样一小片一小片熔化掉,只为了博她一乐。她的要求都很任性;而他从不知拒绝;甚至为了不让小女人难过,他自始至终都不曾告诉她关于财富由来的不幸秘密。

"这么说我们很富有喽?"她总是问。可怜的人回答道:"是啊!是啊!……很富有!"他冲着他的蓝色小鸟深情微笑,而这小东西正无辜地啄噬着他的头颅。有时候,他也会被恐惧攫住,会萌生吝啬一些的心思;可每当小女人蹦蹦跳跳向他走去,冲着他说:"我的丈夫,你是那么富有!给我买个很贵很贵的东西吧……"他就会给她买很贵很贵的东西。

就这样过了两年;后来有一天早晨,小女人死了,没人知道她是怎么死的,仿佛一只小鸟……而他的财产也即将告罄;这个鳏夫用手上剩下的财富为亲爱的亡妻举行了一场华丽的葬礼。震天的钟声、厚覆黑纱的四轮豪华马车、用羽毛装饰的高头大马、缀在天鹅绒孝幔上的水银色泪珠,不管怎么奢华在他看来都不够。金子现在对他来说还有什么用?……他把金子发给教堂,发给搬运工,发给卖蜡菊的女花贩;他没有一丝犹豫,到处发金

---

① 指女孩子快乐得像小鸟,又单纯美丽得像布娃娃。

子……因此,当他从墓园出来时,他那神奇的金脑子已经所剩无几,只在颅壳内壁上还附有些许碎金子。

于是,有人看到他走到大街上,神色失常,两手伸向前方,像个醉汉一样踉踉跄跄。夜晚,百货商场华灯初上,他驻足在宽大的橱窗前,许多织物和首饰在里头杂乱地摆放着,在灯光映照下闪闪发亮,他在那里停留了许久,注视着两只天鹅绒毛镶边的蓝色缎面高帮靴子。"我知道有个人会很喜欢这双靴子,"他微笑着自言自语;他已经不记得小女人不在了,走进商店想买靴子。

女店主在商店里间听到一声尖厉的叫喊声;她跑了出来,看到一个男子站在那里,倚靠在柜台上,神情呆滞、痛苦万分地目视着她,女店主吓坏了,不停地往后退。那男子的一只手攥着那双天鹅绒毛镶边的蓝缎靴子,伸出的另一只手鲜血淋淋,指尖上沾着少许刮下来的碎金屑。

夫人,这就是金脑人的传奇故事。

虽然这传奇有着神奇怪诞的色彩,但它彻头彻尾都是真实的……世界上有些穷人不得不靠出卖大脑养活自己,用自己的骨髓和脑髓,这最上等纯美的金子,去购买世间最微不足道的事物。对他们而言,每一天的付出都是痛楚;到最后,当他们终于对痛苦厌倦了……

高尼勒师傅的秘密

弗朗塞·马麦依,一个吹短笛的老乐师,他时不时会跑到我这儿,一边与我煮酒对酌,一边秉烛夜谈。一天晚上,他给我讲述了一幕村子里发生过的小惨剧,事情都过去 20 年光景了,我的磨坊当年也曾是见证者。这老好人的故事打动了我,我会把我所听到的故事尽可能原原本本地给您说说。

亲爱的读者们,您不妨试想一下这幅景象,您正端坐在那,面前摆着一壶香气扑鼻的美酒,而吹短笛的老乐师正将他的故事娓娓道来。

我们这个地方,您要知道,我善良的先生,过去可不是今天这副半死不活、死气沉沉的模样。往昔,这里的磨坊面粉加工的生意可是红红火火,方圆十里以内的农舍主人都会把麦子送到这里的磨坊研磨成粉……村庄四周的小山冈上,漫山遍野都是风车磨坊。前后左右,到处只看得见松树林上让密斯特拉风拨得直转的风车布翼,还有那一群群小毛驴,排着绵延的长队,驮着一袋袋面粉沿山路上上下下;整个礼拜都能快活地听到山上传来的鞭子声、风车帆布翼哗哗的鼓动声以及磨坊伙计赶驴子时"吁!驾!"的吆喝声……每逢礼拜天,我们便成群结队来到磨坊。到了山上,磨坊主人们开启麝香葡萄酒款待我们,而女主人们则是肩上披着漂亮的花边披肩,脖子上挂着黄金十字架项链,打扮得像王后那么漂亮。而我呢,携带着我的短笛,大家跳起法兰多拉舞①,一直跳到深更半夜方才罢休。您瞅瞅,这些风车磨坊可是我们这里欢乐与财富的源泉。

不幸的是,一些巴黎来的法国人有了个主意,在通往塔拉斯孔②的大道边建了座蒸汽面粉加工厂。这大工厂是这样漂亮、新鲜。人们开始把麦子送到面粉厂磨粉,并且成了习惯,于是那些可怜的风车磨坊没了生意。这些

---

① 普罗旺斯的一种民间舞蹈。
② 法国城镇,位于罗纳河口省。

磨坊很是挣扎了一段时间,想与之抗衡,但蒸汽机磨粉能力太强,可怜哪!一家接着一家,所有这些磨坊纷纷被迫关门大吉……再也不见小毛驴上山下山的情景……漂亮的磨坊女主人卖掉了黄金十字架项链……别了麝香葡萄酒!别了法兰多拉舞!……密斯特拉风还在吹,可磨坊的风车翼不再转了……接着,某个晴朗的日子,乡里找人推倒了这些破旧的农屋,在原地种上了葡萄和橄榄树。

然而,在全部磨坊土崩瓦解的过程中,还有那么一座岿然不倒,在面粉厂眼皮底下,它依然勇敢地转动风翼,屹立于小山冈之巅。这就是高尼勒师傅的风车磨坊,也正是我们这会子在里面谈天说地的这座磨坊。

高尼勒师傅是位上了岁数的磨坊主,在面粉里摸爬滚打足足有60个年头了,对目前的形势很光火。建造面粉厂这事弄得他发疯了。整整一个礼拜,人们看见他在村子奔跑,到处煽动周围的人,声嘶力竭地大叫大嚷,说那些人想利用面粉厂磨出的面粉毒死普罗旺斯人。"不要去那里,"他说道,"那帮强盗用来磨粉做面包的蒸汽机是恶魔发明出来的,而我呢,我靠密斯特拉风和北风工作,这些风是仁慈的上帝的呼吸……"他找出了一长串此类的溢美之词来歌颂风车磨坊,但没有人听他的。

于是,老爷子火气上来了,他干脆把自己关进了磨坊，离群索居，像野兽一样过起了日子。他甚至不愿意让小孙女薇薇塔跟在他身边，这年仅 15 岁的小姑娘，自打父母去世后，爷爷就是她在这世上唯一的亲人。这可怜的孩子不得不独自谋生，为了养活自己，她在当地的农舍到处找活，什么都干：收割麦子、养蚕、采摘橄榄。然而她的祖父似乎也很爱这个小孙女儿！……他常常顶着毒辣的日头，徒步四里地，去女孩干活的农舍看望她，可到了女孩附近，却又止步不前，时常花上好几个小时望着她，一个劲地流泪……

当地的人都认为，老磨坊主之所以把薇薇塔扫地出门，是吝啬作祟。让小孙女从一个农庄流浪到另一个农庄，除了遭受农场工头欺凌，还要遭遇同等境遇中小女孩可能遇上的所有苦难，这事情未免让他蒙羞。而且人们觉得非常不好的是，像高尼勒师傅这样有声望且迄今为止仍受人尊敬的人，居然光着大脚板，顶着破洞的帽子，裤腰上系着一条破布，像个十足的波希米亚流浪汉那样游来荡去……事实就是，每逢礼拜日，当看到他进教堂做弥撒，我们这些当地的老家伙都为他害臊；高尼勒似乎也察觉到了这点，所以不敢坐在前排。他总是在教堂最后面的圣水缸附近，和穷人们一起。

在高尼勒师傅的生活中，有那么一桩事一直都让人搞不明白。村子里已经很久没有人送麦子到他那里去磨粉了,可是他磨坊的风翼还是一如既往地转动……每天傍晚,人们总能在路上遇到老磨坊主,赶着那头驮着好几大袋面粉的驴子往前走。

"晚上好啊,高尼勒师傅!"农民们会对着他大声打招呼,"您那磨坊还在运转吗?"

"还在转着呢,我的孩子们,"老头答道,他看上去一副兴致勃勃的样子,"感谢上帝,我们可不缺活干。"

然后,如果有人问他从哪个见鬼的地方弄来这么多活,他会把食指压在嘴唇上,神情严肃地回答道:"别说出去,我这是出口的生意……"然后,就再也别想从他嘴里套出更多消息了。

至于进他的磨坊弄清子丑寅卯,这个您就别指望了,连薇薇塔那小丫头都进不去呢……

从磨坊门口经过的时候,人们总看到大门紧闭着,风车粗大的风翼一直转个不停,那头老驴子低头啃着平台上的草皮,一只精瘦的大猫蜷在窗台上晒太阳,表情狰狞地盯着你。

一切都显得极其神秘,也引得村里人说长道短。每个人都自行演绎、解释着高尼勒师傅的秘密,但普遍的说法是,这座磨坊里装着埃居币的布袋子比装面粉的袋子多得多。

时日一久,真相终于大白于天下。原来是这么回事儿:

某一个晴朗的日子,正当我像平日一样吹起短笛,让年轻人随着笛声翩翩起舞时,我发现我家大小子和薇薇塔那小姑娘互生爱慕之情。事实上,我没有生气,因为说来说去,高尼勒这个名字在我们这个地方还是名声很好,深受尊重的,何况看到薇薇塔这只小燕子在我家里蹦蹦跳跳,我还是满心欢喜的。只不过,鉴于这对恋人有事没事就泡在一起,我怕他们弄出点啥事,决定还是尽快把他俩的事搞定,以防万一。于是我就上了山,到磨坊找小姑娘的爷爷商量商量……啊!这个老巫师!您看看他都是怎么接待我的。根本就没法让他开门。透过锁孔,我好说歹说,给他解释我上来的理由;在我说话的当儿,那只可恶的瘦猫一直都在我的脑袋上方像魔鬼一样喘着气。

老头没给我机会把话说完,就粗暴无礼地对我大吼大叫,让我回家吹笛子去;他说如果我急着为儿子讨媳妇,完全可以去找在面粉厂干活的女孩……您可以想象得出,听了这样恶毒的话,我的火都冒上头顶了;尽管如此,我还是保持了足够的理智克制住我的怒火,我把这个老疯子丢在了他的磨盘旁,跑回去告诉孩子们我的失望之情……这对可怜的小羊羔不相信这是事实,他们请求我准许他们两个一起去山上的磨坊,向祖父问个清楚……我不忍心拒绝他们,于是这对恋人一溜烟向磨坊跑去。

当他们到达山顶的时候,恰巧高尼勒师傅刚出门。大门锁了两道锁;不过,老先生出门的时候,把小梯子留在外面了,很快两个孩子萌生了从窗口爬进磨坊的主意,他们想进去瞧瞧,这座被传得神乎其神的磨坊里到底有什么……

这事儿出奇了!摆放磨盘的房间空无一物……没有面粉袋,没有一粒麦子;墙面上,甚至蜘蛛网上都找不到一点面粉的痕迹……甚至闻不到一丝磨坊里常有的那种暖暖的小麦粉香气……风车的主动轴上积着一层灰,那只精瘦的大猫在上面睡觉……

楼下的房间也是一副凄凉、少人打理的样子:一张简陋的小床、几件破衣烂衫、一小块面包放在了楼梯台阶上,屋子的角落里堆着三四只破袋子,从里面漏出一些石灰渣和白土。

原来这就是高尼勒师傅的秘密!为了挽救磨坊的声誉,让别人相信他还有面粉磨,他每天傍晚在大马路上搬来搬去的就是这一袋袋的石灰残渣……可怜的磨坊!可怜的高尼勒！蒸汽面粉加工厂很早之前就夺走了他最后一笔生意。风车的风翼一直在转动，但是磨盘里却空空如也。

孩子们回来了，他们泪流满面地向我讲述了所看到的一切。听了他们的话，我感到心如刀割……我一分钟都不愿耽搁，马上跑去周围的邻居家，长话短说，告诉了他们这件事，我们大家商量决定，把家里所有的麦子立即送去高尼勒师傅的磨坊……说干就干。全村的人都上路了，我们赶着一长列背着麦子的驴队来到了山上——这些可是真正的麦子！

磨坊的门大开着……只见门口处，高尼勒师傅坐在一袋石灰渣上，大手捂着脸痛哭流涕。他刚才回来的时候发现，就在他外出的这段时间里，有人潜进了磨坊，撞破了他凄苦的秘密。——"我好可怜啊！"他说道，"现在，我只好去死了……磨坊这下子要名声扫地了。"他哭得肝肠寸断，用各种各样的昵称呼唤着他的磨坊，对着它絮絮叨叨，就好像面对着一个大活人。

正在此时，小毛驴队抵达了磨坊前的平台，我们大家开始齐声高喊，就像在以前磨坊业鼎盛的时候那样："喂！磨坊呢！……喂！高尼勒师傅！"转眼间一袋袋麦子在门前堆起，金灿灿的漂亮麦粒倾泻一地，弄得到处都是……

高尼勒师傅的两只眼睛睁得圆圆的。他苍老的手捧起一把麦粒，又哭又笑地说道："这是麦子！……上帝啊！……是质量上乘的麦子啊！……等我下，让我好好看看这麦子。"接着，他转过身来，对我们说："啊！我就知道你们会回到我这里来的……那些开面粉厂的都是强盗。"我们打算把他抬着到村里去欢呼胜利："不，不，孩子们；在那之前，我得先让磨坊吃点东西……你们想想，它的牙有多久没沾过食物啦！"

我们所有人都噙着热泪，看着可怜的老人东忙忙西忙忙，又是撕开装麦粒的袋子，又是察看磨盘。麦粒一粒粒被碾碎，细细的面粉飞到了天花板上。

这里得为我们大伙儿说句公道话：自打那天开始，我们可再也没有让老磨坊主没活干过。后来，一天早晨高尼勒师傅死了，我们最后一座磨坊的风车风翼停止了转动，这次是永远停转了……高尼勒死后，没有人接他的班。有什么办法呢，先生？……世界上没有不散的宴席，要知道，风车磨坊盛行的时代已经过去，就像罗纳河上的马拉舟船、大革命前的最高法院或是绣着大花图案的上衣礼服一样。

小馅儿饼

一

这是个礼拜天,一大清早,图莱纳大街上的糕饼铺老板苏洛就把他家的小学徒叫了出来,对他说道:"这些小馅儿饼是博尼卡尔先生要的……把东西给他送过去,然后快些回铺子里……凡尔赛军好像已经开进巴黎了。"

这孩子对政治一窍不通,他自顾自把热烘烘的小馅儿饼都放进焙烤馅饼的模子里,再把整个模子包裹在白色的毛巾里,接着将毛巾和馅儿饼模子一股脑儿端到自己的无边软帽上放稳,就撒开腿一路朝着博尼卡尔一家所住的圣路易斯岛飞奔而去。午前的时光迷人,五月天里特有的明媚阳光洒满鲜花水果铺子,映照着里头一束束的丁香花和樱桃。尽管耳中充斥着远处传来的枪战声和街角处响起的阵阵军号,整个古老的马雷街区依然保持着一派宁静的景象。空气中飘荡着假日的气息,娃娃们在院子深处跳着轮舞,待字闺中的大姑娘们则在门庭前玩羽毛球,还有这个小小的白色身影,疾步行走在空寂无人的巷子里,周身散发着热腾腾的糕饼糯甜的香气,竟为这个战斗的早晨添上几分无邪和几许休息日的味道。这个街区的全部活力似乎都体现在了里沃利大街上。人们忙着拖大炮、设街垒;随处人头攒动,国民自卫队战士们忙忙碌碌。好在这幅景象并没有让小糕饼师傅晕头转向,这些孩子习惯极了在喧闹的大街上熙熙攘攘的人群中穿梭前进!每逢热闹的节假日,遇上新年伊始或是封斋之前的那些狂欢节的礼拜天,在堵得水泄不通的街道上他们跑得最起劲儿了;所以说遇上些革命和动乱也不太会让这些孩子感到吃惊。

看着一项白色的无边小软帽在众多军帽和军刀丛中左突右进,还真是件赏心悦目的事,只见它躲避冲撞、优美摇摆,时而快速前进,时而被迫慢行,但仍旧让人感觉到那种急于奔跑的强烈欲望。这战斗、这一切关他啥事！重要的是在时钟敲响中午12点之前赶到博尼卡尔家,快快取走候见室小桌台上打赏他的小费。

人群中突然出现一阵猛烈的推搡;一些被共和国所抚养的战争孤儿踩着小跑步子鱼贯前行,嘴里还哼哼着歌曲。这帮捣蛋鬼的年纪介于12到15岁之间,装束滑稽可笑,他们肩扛军用步枪,腰上扎着红色的皮带,脚蹬大统靴,对自己的士兵装扮洋洋自得,就像每个封斋节前的礼拜二,他们头顶纸糊的软帽,手里撑着把奇形怪状的粉红色破遮阳伞,在林荫大道的泥泞路面上乱奔一样。处于拥挤人群中央的小糕饼师傅这一次费了很大的劲儿才保持住平衡;还好当他和他的馅饼模子一起在薄冰路面上经历了无数次滑行,在人行道上玩了无数次跳房子游戏之后,这些小馅儿饼都有惊无险。不幸的是,这热闹欢快的景象、这些歌声、扎红皮带的小家伙们、羡慕、好奇让他不由起意,想陪这么棒的队伍再走上一段路程;这样一来,他不知不觉就错过了市政大厅,错过了通向圣路易岛的那几座大桥,他随着这疯狂行进、卷起漫天尘土的队伍越走越远,不知自己被带到了何处。

二

博尼卡尔家有每个礼拜天吃小馅儿饼的习惯,这个传统至今最少有 25 年历史。一到中午 12 点整,一大家子——不论大人小孩——都聚到客厅里,当一声响亮欢快的门铃声响起,所有人都说道:"啊!……糕饼师傅来了。"

然后,响起了挪动椅子的巨大声响、节日盛装的窸窣声,孩子们在摆放就绪的餐桌前欢笑,这幸福的资产阶级一大家子便围绕着银暖锅上对称垒成堆的小馅儿饼坐下来。

但这一天,门铃却一直没响。博尼卡尔先生生气了,他瞧瞧家里的座钟。老旧的摆钟上面摆放了只稻草填充的苍鹭,这个钟运行到现在,不曾快过或者慢过。孩子们打着哈欠,守在玻璃窗前,注视着街角,平日里糕饼铺小伙计必定从那里转进来。谈话越发无精打采;正午大钟重复敲响的 12 声让每个人饥肠辘辘得更厉害了,而大厅也显得那么空旷,那么悲惨,尽管缎纹桌布上古董银餐具依旧亮晶晶,尽管餐桌四边餐巾布叠成的小锥形依旧笔挺、雪白。

老女仆一次又一次地走到老主人身边,凑在他耳边说话……"烤肉糊了"……"青豌豆煮过头了"……但博尼卡尔先生执拗地坚持不等到小馅儿饼决不上桌;他对苏洛十分生气,决意亲自去看一看这家伙耽搁到这步田地到底是什么意思。当他挥舞着拐杖,气呼呼出门的时候,有几个邻居提醒他:"您要小心点,博尼卡尔先生……听说凡尔赛军已经打进巴黎了。"

他对一切置若罔闻,甚至不顾塞纳河那边的纳依枪战正酣,不顾市政府的报警炮震得整个街区的窗玻璃都摇摇欲坠。

"哦!这个苏洛……这个苏洛!……"

只见喧腾奔跑的人群中,就他一个人自言自语,他仿佛看到自己已经到了苏洛那里,站在糕饼铺子中央,用拐杖敲着石板地,震得橱窗玻璃和里头盛放朗姆酒葡萄干蛋糕的碟子颤动不已。看到路易·菲利普大桥上的路障,他的怒气消了一大半。几个面容凶狠的巴黎公社战士正懒洋洋地仰躺在被扒去铺石板的地面上。

"公民,您这是到哪里去?"

这位公民向他们做出了解释;但小馅儿饼的故事显得十分可疑,特别是博尼卡尔先生身着漂亮的节日长礼服,带着金丝边眼镜,全然一副老反动派的架势。

"这是个探子，"巴黎公社战士说道，"把他押到里戈那儿去。"

说罢，四个貌似诚恳的男子就欢欢喜喜地离开了路障，用枪托推搡着愤怒的可怜老头，让他走在前面。

这几位也不知是怎么想的，但仅仅半个小时以后，他们在半路全部成了俘虏，一道被押去和一长列准备前往凡尔赛的俘虏纵队会合。博尼卡尔先生抗议得越发厉害，他高举拐杖，第一百遍述说着他的故事。不幸的是，这个和小馅儿饼相关的故事在这样的动乱时期显得如此荒诞，令人难以置信，只能遭到那些军官们一个劲儿地取笑。

"好了，好了，老先生……您还是到凡尔赛去解释吧。"

经过香榭丽舍大街的时候，那里依然白色硝烟弥漫，俘虏纵队被两队负责押解的轻装兵夹在当中向目的地行进。

三

俘虏们被分成五个一组，紧紧挨着凑成行。为防止队列散开，俘虏们被要求相互挽着胳膊；于是长长的队伍在马路上的滚滚尘土中前进,踏出的脚步声大得如同暴雨一般。

不幸的博尼卡尔先生以为自己在做梦。他汗流浃背,喘着粗气,恐惧与疲惫让他近乎麻木;他拖着沉重的步子,走在俘虏纵队的最后,被夹在两个浑身散发着火油和烈酒味的老婆子中间;近旁的人听到他絮絮叨叨的咒骂声中重复着这几个字眼:"糕饼师傅,小馅儿饼",都还以为他发疯了。

事实上可怜的老头也确实昏了头。每次上下坡的时候,队列都会散开一些,他是不是透过前方队列夹缝间的尘土,隐隐看到了苏洛糕饼铺子里小伙计的白衣白帽?这个幻象一路上都出现十次了!小小的白色身影总在他眼前一闪而过,仿佛专为嘲弄他似的,然后便消逝在制服、工作服和破衣烂衫汇成的人流中。

最终,他们在日暮时分到达了凡尔赛;当人们看到这么个戴眼镜的资产阶级老头,衣衫不整,身上尽是尘土,表情惶恐不安时,一致认定他是个邪恶的人物。人们说:"他一定是菲力克斯·派厄特[①]……不!是德勒克

[①] 法国记者、剧作家、政治活动家,巴黎公社重要人物之一。

吕泽①。"

负责押送的轻装兵大费周章才把俘虏安然无恙地带到了橙园的庭院里。只有到了这里,可怜的俘虏队伍才得以解散,瘫倒在地上,喘上口气。有些人睡着了,有些人骂骂咧咧,有些人不停地咳嗽,还有些人在哭;博尼卡尔先生既没睡也没哭。他坐在台阶边缘,把脸埋进双手的大掌里,被饥饿、惭愧、疲惫整得只剩下小半条命。他在脑海里回想这一天的不幸遭遇,想到餐桌上为他担忧不已的宾客,想到他那副餐具已经在餐桌上摆到晚饭时候,而且可能还会继续等待着他,想到后来所受到的羞辱、谩骂和被枪托敲打的那几下,这一切的一切都归咎于一个不守时的糕饼师傅。

"博尼卡尔先生,这是您的小馅儿饼!……"身畔突然有个声音响起;老先生抬起头,很吃惊地看见苏洛铺子里的小伙计找了过来,把藏在白色围裙下面的馅饼模子递给自己,这小家伙之前和那帮共和国抚养的战争孤儿一起被逮了进来。就这样,尽管博尼卡尔先生遇上了骚乱,又被俘,他还是在这个礼拜天一如既往地吃上了小馅儿饼。

---

① 法国记者,巴黎公社领导人之一。死于1871年5月25日的巷战。

教皇的骡子

我们普罗旺斯的农夫说话时,用来修饰自己话语的那些花哨的俗语、谚语或格言中,我还真找不出比这个更独具匠心、引人入胜的。在我家磨坊周边方圆 15 里的地方,当地人形容某个人爱记仇、好报复,就会说他:"那个人啊!您可得防着点!……他就好比是教皇的骡子,等上 7 年才会踢出一脚。"

我花费了许多时间查找这条谚语的出处,很想弄清楚这头属于教皇的骡子,还有这等了 7 年才蹬出的一脚到底是怎么一码事。这地方没有人能解答我的这个疑惑,即便是弗朗塞·马麦依也一无所知,他是我那儿吹短笛的乐师,算得上对普罗旺斯各式各样的传奇了如指掌。弗朗塞与我想法相同,觉得这里头十有八九和阿维尼翁城的某个昔日掌故有关;但除了这条谚语,我从未在别处听过此类说法……"看来您只能到西卡尔图书馆去寻求答案了。"老乐师笑呵呵地对我说道。他这主意我觉得不错,何况西卡尔图书馆就在我家门口,于是我把自己关在图书馆里待了一个礼拜。

这座图书馆倒是个令人惊喜连连的所在,馆藏丰富,令人叹为观止,日夜不间断地向诗人文客开放,还有几个小小图书管理员殷勤随侍左右,他们手执铙钹,成天为你演奏。我这几日过得有滋有味,而整整一礼拜的查找——几近力竭——我却终于发现了之前想知道的真相,也就是那骡子以及它那非同凡响憋足了 7 年的一脚到底是怎么回事儿。这故事虽说有些天真幼稚,倒是不乏妙趣,让我来给你们原原本本讲讲这个昨儿一大早从一本蓝天色的手抄本中看来的故事吧,那手抄本的纸张散发着熏衣草干花的芬芳,书页间挂着的轻纱线[①]一样的长长蛛丝倒像是书签带。

---

① 诗歌作品中常将蜘蛛织就、飘荡在半空的蜘蛛网比作圣母纺梭上断下的轻纱线,或者圣母迎风的长发。

谁若不曾见识过教皇时代的阿维尼翁城，就等同于什么都没见过。那欢乐轻快，那生机勃勃，那热闹纷呈，那各色节日里的喧腾不息，没有哪座城市能拥有同样的气派。那时候，每天从早到晚，城里头各式宗教仪式队伍川流不息，朝圣者络绎不绝；街道上铺满鲜花，四周悬挂立经挂毯；齐来觐见教皇的枢机大主教们乘着船从罗纳河顺流而下，教会旌旗猎猎迎风，双桅战船彩帜飘扬；教皇的卫兵在广场上高唱拉丁文赞美诗，化缘的修道士们击打着木铃；宏伟的教皇宫殿四周，自上而下，房屋层层叠叠，鳞次栉比，人群发出的声响汇成嗡嗡声，这些房屋仿佛围着蜂窝打转的蜂群，这里边有花边织机的嗒嗒声，有为教堂织金色祭披的梭机声，有制作弥撒洒水壶的金银工匠的小锤敲击声，有弦乐器商人调弦的音板声，有整经女工吟唱的颂歌声；还有高处传来的教堂钟声和彼岸大桥那头飘过来的长鼓隆隆声。因为在我们这地方，人们一高兴就要跳舞，一定要跳舞；然而那个时代，城里的街道狭窄不堪，根本没法跳法兰多拉舞，于是吹短笛的、敲长鼓的都站在阿维尼翁大桥上演奏，迎面吹来罗纳河凉爽的风，人们在大桥上日日夜夜，跳啊，跳啊……啊！曾经如此幸福的时代！曾经如此幸福的城市！正是刀枪入府库，监狱充酒仓，成了囤放葡萄美酒的清凉场所；不见凶年饥岁,没有战火硝烟……由此可见孔达领地①上的教皇们深谙教化统辖之道;这也是为何这里的人民如此怀念他们的教皇!……

这其中最让人怀念的是一位善良的垂暮老者,人们唤他卜尼法斯……哦!这一位呀,在他去世时,阿维尼翁全城的人为他挥洒了多少泪水啊。这是一位多么可亲的君上,待人亲切;他在骡子背上总是那么慈祥地朝你微笑,当你经过他的身边——无论你是贫寒卑微的小工还是城里显赫的大法官——他都会彬彬有礼地给予你他的祝福!这可是个真正的伊夫托②教皇,不过是普罗旺斯的伊夫托,他微笑中透着几分睿智,四方帽③上别着一束牛至,他身边倒是没有一个小雅娜④——在别人看来,这位和善的老爷子身边唯一可能是小雅娜的,只有他的葡萄园了——他亲手在位于阿维尼翁城外三里地的新堡的香桃木庄园里栽种了一片小小的葡萄园。

---

① 指伯爵领地。
② 伊夫托,古代法国境内的小王国,伊夫托国王形象源自一首流传于19世纪的歌谣《伊夫托国王》,他愉快、朴素,有颗善良的心,一只狗就是他的全部近卫军。
③ 教皇的帽子。
④ 小雅娜是歌谣《伊夫托国王》中的人物,她用一顶棉软边帽为国王加冕。这首歌写于1813年,以反对拿破仑著称,小雅娜这个人物影射约瑟芬皇后。小雅娜这个名字,通常指代举止轻佻放荡的乡下女孩。

每逢礼拜天,晚祷结束后,可敬的老人都会到园子里逛逛;等他走进了园子,在和煦的阳光中坐下,他的骡子就在他身边,他的那些枢机大主教们也四散开围成一圈坐在葡萄藤下,这时他会开启一小瓶葡萄园自酿的好酒——自此之后,这种酒液呈红宝石色泽的佳酿被冠以"教皇新堡酒"的名号——他一边一小口一小口品尝着美酒,一边深情地注视着这片葡萄园。然后,当酒瓶空空如也,夜幕降临,他便心情愉快地回到城里,身后跟着一大群教士随从;每当他经过阿维尼翁大桥,从鼓手和跳舞的人群中穿过时,他的骡子,听到舞乐被激起了兴致,也一蹦一跳地踩起了舞步,而他自己呢,则顶着四方帽,打着舞步拍子,这举动引起了众位枢机大主教的反感,却赢得了民众的声声喝彩:"啊!善良的君上!啊!正直的教皇!"

在这个世界上,除了新堡葡萄园,教皇最喜欢的东西就是那头骡子了。这位老先生着实迷恋着这个小东西。每晚就寝之前,他必去骡厩巡视,看看厩门关好没有,食槽里缺了料没有;每晚用过膳,他都会要求仆从当着他的面准备一大碗法式葡萄酒,添上许多糖和香料,若非亲眼盯着准备好这一切,他绝对不会起身离开餐桌,他要把葡萄酒亲自给骡子送过去,尽管这常常会受到枢机大主教们的责难……必须得说，为小家伙花上这些心思倒是值得的。这是头极漂亮的骡子，漆黑的皮毛底色上缀着点点红斑，它步伐稳健，毛色油亮，臀部宽实饱满——神气活现地顶着不算大的干瘪脑袋，脑袋上系着各种装饰用的丝绒球、蝴蝶结、银铃铛、丝带结；如此一来，它看上去像个天使一般甜美，天真无邪的眼睛、不停晃动的一对长耳朵让它看上去就像个乖小孩……阿维尼翁全城的居民都尊敬这头骡子，当它到大街上晃荡，无人不对它客客气气，百般礼遇；因为人人都知道巴结它是获得教廷青睐的最佳手段，这头教皇的骡子，凭借它的天真无知，已不止一次助人交上好运，有例为证，比如提斯特·维岱纳和他奇迹般的发家史。

这个提斯特·维岱纳原本是个厚颜无耻的街头小混混，被他的父亲，金器雕刻工匠居伊·维岱纳从家里赶了出来，因为这小子整日游手好闲，还带坏了门下所有小学徒。于是，这半年里，就看到他拖着那件旧礼服走遍了阿维尼翁城的大街小巷，但主要徘徊在教皇城堡一带；这小混球一直以来都打着教皇骡子的坏主意，你们等下就该明白这小子打的什么小算盘了……某日里，教皇陛下独自一人骑着骡子在城墙下散步，提斯特上前搭讪了，他双手合十，面露敬仰不已的神情，说道："啊上帝啊！伟大的圣父①啊,您拥有多出色的一头骡子啊!……请让我好生瞅上一眼……啊!我的教皇啊,多漂亮的骡子!……就算日耳曼皇帝也没有如此漂亮的骡子。"然后他轻轻抚摸骡子,像对着一位小姐说话一样柔声细语道:"这边来,我的小心肝,我的小宝贝,我的小珍珠……"看着他,善良的教皇感动得无以复加,心中暗自捉摸:"这小男孩真是个心善的!……看他对我的骡子多好!"然后您知道第二天发生啥事儿了?提斯特·维岱纳身上破破烂烂的黄色礼服换成了一件漂亮的白色教士长袍,还缀着花边,外加一条紫色的丝质披肩,脚上是一双带扣环的皮鞋,他进了教皇专属的唱诗班,在他之前,这儿只招收贵族子弟和枢机主教的子侄……这就是他的阴谋诡计!……但提斯特的谋划可没有止步于此。

一朝混到教皇驾前效劳,小混球又故伎重演,再次玩弄之前大获成功的花招。他对所有人都傲慢无礼,却独独把全副注意力和殷勤献给了骡子,人们常常看到他在庭院里,手里拿着一把燕麦或是一捆驴食草,他一边轻轻晃动食料上粉红色的果子,一边盯着圣父的阳台,似乎在说:"嘿!……看看这个是给谁的?……"皇天不负有心

---

① 指教皇。

人,善良的教皇感到自己老迈了,就把每晚巡视骡厩和亲手喂骡子一碗法式葡萄酒的任务托付给他;枢机大主教们对此可是颇为不满。

骡子也不满,它也高兴不起来……现在,每到葡萄酒时间,骡子总会看到五、六个唱诗班的小教士聚到它跟前,身穿披肩和花边白袍的小身子匆忙钻进草垛里;又过了一会儿,一股混杂着焦糖和香料的甜热香气充斥着骡厩,提斯特·维岱纳出现了,手里小心翼翼地端着那碗法式葡萄酒。于是这可怜牲畜的大苦难就开始了。

它是如此喜欢这馥郁芬芳的葡萄酒,这酒能让它浑身热血沸腾,能给它安上翱翔的翅膀,人们是如此残忍,将酒给它端了过来,放到了食槽中,让它闻这酒香;然而当它满鼻腔全是酒香时,却眼睁睁地看着他们把酒端走;紫红色火焰般的美酒佳酿一滴不剩地进了小淘气们的喉咙里……他们只是抢走它的葡萄酒也就罢了,但这些个小教士喝足了美酒后都像魔鬼一样可恶!……一个拽它耳朵,一个拉它尾巴;齐杰骑到了它身上,贝鲁杰把自己的小帽硬扣在它脑袋上,这些淘气鬼当中居然没人会想到,只消竭尽全力地踢一脚或者尥蹶子,这正直的牲畜就能把他们全部踹到北极星上去,甚至更远……但是,不行!教皇的骡子绝非泛泛之辈,它予人祝福,宽宏大度……孩子们的恶作剧白忙活了,它坚决不生气;唯只怨恨提斯特·维岱纳一人而已……对于这个家伙,每当骡子觉察到他在身后,它的蹄子就发痒,说实话,这绝对事出有因。提斯特这个无赖家伙屡次戏弄它!他喝酒后,居然能想出那么多恶毒至极的害人招数!……

某一天,他竟然胆敢牵着小骡子爬上唱诗班的小钟楼,往上,再往上,一直爬到了整个教皇宫殿的最高处!……我跟你们说过,这可不是虚构的故事,20万普罗旺斯人都亲眼目睹了这一幕。你们可以想象一下,这头可怜的骡子该是多么恐惧,它在螺旋楼梯上摸索盘旋了整整一个小时,爬上了不知道多少级台阶,一下子豁然开朗,来到一处阳光炫目的平台上,从离地一千多尺的高处,它看到了一个神话般的阿维尼翁城,集市的顶棚就和核桃一般大小,兵营前列队的教皇卫兵小得像红色的蚂蚁,而那边,一根银色细线上有一座非常迷你的桥,桥上人们在跳舞,在跳舞……啊!这可怜的牲畜呀!它惊慌失措!它发出一声凄厉的叫声,将整个宫殿的窗玻璃都震得一颤。

"出什么事了?他们都把骡子怎么了?"善良的教皇一边高声大喊,一边急匆匆向阳台跑去。

提斯特·维岱纳已经出现在庭院里了,装出一副痛哭流涕、痛苦绝望的表情:

"唉！伟大的圣父，事情是这样的，是……是您的骡子……我的上帝！这下我们可怎么办哪？……是您的骡子爬到小钟楼上去了。"

"它自个儿上去的？"

"是的，伟大的圣父，它自个儿上去的……您瞧！看看骡子吧，它就在上面……您瞧见它两只耳朵露了一截出来吗？……看上去就像两只小燕子……"

"天哪！"可怜的教皇放眼望去，"它肯定是疯了！它会把自己摔死的……可怜的小东西，你还是赶紧下来吧！……"

哎呀呀！它何尝不这样想，它唯一的要求也是下来呀……可是从哪里下来？楼梯么，想都别想了：楼梯这玩意儿，上楼还凑合；但是从楼梯下去，可怜的骡腿还不得折上百来次……可怜的骡子伤心懊恼，它在平台上转了一圈又一圈，睁着双大眼感到晕得够呛，它想到了提斯特·维岱纳：

"啊！这恶棍，等我躲过这一劫，……明天早上一定让你狠狠地吃上我一踢！"

这念头让它平添了几分劲儿，腿上有了力气，不然可就撑不住了……最终它还是被人从钟楼上弄下来了，很是费了番力气。用了一台千斤顶、很多绳索和一台担架才把它弄下来。您想想，教皇的骡子被人吊在那么高的地方,四只蹄子在空中扑腾着就像一只让细线拴住的金龟子,这是多么丢人的事情啊。更何况是在阿维尼翁全城人的注视下!

可怜的骡子这晚一夜未眠,它似乎感觉自己仍然在那见鬼的平台上兜圈子,全城人都在钟楼下嘲笑着它。接着它又想到卑鄙下流的提斯特·维岱纳,想到第二天一早要踢他一蹄子,让他好过。啊!朋友们哪,这该是多狠的一蹄子啊!估计在庞贝里古斯特都能看到这一蹄子扬起的尘土吧……然而,当骡子在骡厩里准备着好好迎接提斯特·维岱纳的时候,你们知道这家伙在干什么?他乘上了教皇的双桅战船,一边唱着歌,一边顺着罗纳河北上,他要和一群年轻的贵族子弟前往那不勒斯宫廷,阿维尼翁城每年都要派遣一批年轻贵族去雅娜王后那里学习外交和礼仪。提斯特虽不是贵族,但教皇执意要褒奖他对骡子的精心照料,特别是他在那天营救骡子行动中的表现更值得嘉奖。

于是第二天骡子失望极了。"啊!这恶棍!他一定是有所察觉了!……"它一边愤怒地摇着系在脑袋上的铃铛,一边想……"不过,没关系,你就逃吧,坏蛋!等你回来的时候,再给你尝这一蹄子,你逃不掉的……我给你留着!"于是它便给他留着这一蹄了。

自打提斯特走后,教皇的骡子又恢复了往日平静的生活,也找回了之前的风姿。齐杰和贝鲁杰之类的小混混不再来骚厩骚扰。品尝法式葡萄酒的美好时光又回来了,美妙的日子让它心情愉悦,午后美美地睡上一觉,经过阿维尼翁大桥时又可以踏着加沃特舞步了。但自打发生了那次历险事件后,城里的老少对它总有些冷淡。它打路上经过的时候,总有人在背后窃窃私语;老年人不住地摇头,小孩子则指着钟楼嬉笑不停。善良的教皇本人对这个老伙伴也不如以往那么信任了,每个星期天,从葡萄园回来的路上,当他打算在骡背上打个盹的时候,内心总会这样想:"我醒来的时候,不会在那么高的平台上吧,那可惨了!"骡子将这一切看在眼里,内心痛苦不堪,却一声不吭;只是每当有人当着它的面提及提斯特·维岱纳的时候,它那对长耳朵就会战栗起来,同时,它会带着三分冷笑一个劲地在石块路上磨着蹄子上的铁掌……

7年就这样一晃而过;7年后,提斯特·维岱纳从那不勒斯宫廷回来了。倒不是他在那里的学业已经结束,而是他得到了教皇的首席膳食官[①]刚在阿维尼翁城猝死

---

① 又称首席芥末官。传说教皇若望二十二世酷爱芥末,于是为他的一个侄孙设立了"首席芥末官"的官职,后来法语中便有"把自己看成教皇的首席芥末官"这个成语,意思是"自以为了不起"。

的消息,感觉这个位置很合他的胃口,于是急吼吼赶回来加入这个职位竞争者的行列。

当阴谋家维岱纳走进宫殿大厅的时候,圣父几乎认不出他了,因为他长高了许多,也胖了不少。另一方面也是因为善良的教皇自己年纪大了,不戴圆框眼镜就什么都看不清楚。

提斯特不慌不忙:"怎么!伟大的圣父,您认不出我了?……是我,提斯特·维岱纳!……"

"维岱纳?……"

"是的,您知道的……给您的骡子送法国葡萄酒的那个人。"

"啊!对,对,我记起来了……一个善良的小男孩,叫提斯特·维岱纳!……现在你需要我们为你做些什么?"

"哦!是点小事,伟大的圣父……我来是想向您请求……顺便问一问,您的骡子还在么?它好不好?……啊!那太好了!……我是来请求您把刚刚去世的首席膳食官的职位给我。"

"首席膳食官,就你吗!……可你也年纪太小了。你多大了?"

"20岁零两个月,睿智的教宗①,比您的骡子大整整五岁……啊!那是上帝的荣光,这头正直的骡子!……您知道我多么喜欢这头骡子么,……在意大利的时候见不到它,我真是坐立难安啊!……您不能让我去看看它吗?……"

"当然可以,我的孩子,你会看到它的,"善良的教皇激动地说道……"既然你如此喜欢这头正直的骡子,我也不想你生活得离它那么远。从今天开始我就委任你首席膳食官一职……我的枢机大主教们一定会为此大呼小叫,就随他们去闹吧!反正我也习惯了……等明天的晚祷结束后,你来找我们,我们会当着教士随从的面授予你职位信物,然后……我带你去看骡子,再之后,你和我们俩一起去葡萄园……嘿!就这样,走吧!"

提斯特·维岱纳走出宫殿大厅时兴高采烈,他对第二天的授职典礼有多么迫不及待,这点就不消我来给您描述了吧。不过在宫殿里还有比他更幸福、更急不可耐的,那就是教皇的骡子呀。从维岱纳返回阿维尼翁到第二天晚祷的这段时间里,这骇人的牲畜就在不停地往嘴里塞燕麦,两只后蹄也不停地踢着墙面。它也在为典礼做准备呢……

---

① 罗马教皇全称。

就这样,第二天,晚祷--结束,提斯特·维岱纳就迈进了教皇宫殿的皇廷。所有的高阶教士都在场;有身披红袍的枢机大主教,有身着黑色丝绒袍子反对别人参加圣列的诡辩士,有头戴教士小冠的修道院院长,有圣阿格里克本堂区的资产管理教士,还有身披紫色披肩的唱诗班主管教士;低阶的圣职人员也都在:身着军礼服的教皇卫队,三个善会的苦修修士,神情孤僻的万度山隐修士和紧跟其后手执小铃的低级教士,赤露上身直至腰腹的鞭笞派教徒,身着裁判大袍容光焕发的圣器管理员,所有的人都来了,全部人,包括送圣水的、点蜡烛的、熄烛火的……一个不落地都来了……啊!真是个隆重的圣职授任典礼!钟声、礼炮声、阳光、音乐,还有远处阿维尼翁大桥上一直以来令人疯狂、引人热舞的长鼓声……

当维岱纳出现在会议大厅时,他那堂堂仪表和英俊的面容立刻引来众人啧啧称赞。这是个帅气的普罗旺斯人,一头金发,发丝浓密,发梢鬈曲,初生的小胡须就仿佛他老爹金器雕刻匠刻刀刮下的细碎金屑儿。有传闻说雅娜王后常常用玉指去拨弄这金黄的须毛;而维岱纳大人确实拥有一种自命不凡的仪态和漫不经心的眼神,而这正是让那些王后们倾心不已的资本……那天,为了彰显自己的民族,他还特别换下了那不勒斯的服装,穿上了普罗旺斯式样、滚着粉色衣边的礼服,风帽上一根长长的卡马尔格①本地白鹬的羽毛在轻轻颤动。

刚一进来,这位首席膳食官就彬彬有礼地向四周致意,接着径直走向高高的台阶处,教皇在上面等他,要授予他象征职位的信物:一把黄杨木勺子和一件藏红花色礼服。骡子立在台阶下面,已全身披挂,只待前往葡萄园……当提斯特·维岱纳经过骡子身边时,他展露出迷人的笑容,停下脚步打算在骡子背上亲昵地轻轻拍上三两下,同时用眼角瞟了下教皇,看他是否在注意自己。这个站位太理想了……于是骡子飞起一脚:

"喂!接着,混蛋!这一脚在我这里存了7年了!"

它蹬出的这一脚凶狠无比,凶狠无比,连庞贝里古斯特的人都能看到这飞扬的尘土,滚滚金黄色浓烟中一根白鹬的羽毛飘飘荡荡,这便是那倒霉的家伙提斯特·维岱纳所留下的全部了!……

一般来说骡子的一脚并不会产生如此惊人的威力;但那可是教皇的骡子;更何况,你们想想看,这一脚已经足足存了7年了……这个故事是证明教会众人睚眦必报的最佳范例。

---

① 法国南部地区。

旗　手

　　这个军团正在铁道边的斜坡地带作战,他们成了对面密密麻麻集结在树林中的一整支普鲁士军队的火力打击对象。两军火力交锋,相隔距离仅仅 80 米。军官们不停地大吼:"都卧倒!"但士兵们置若罔闻,这支骄傲的军团依旧昂首挺立,聚拢在军旗周围作战。视野中一派夕阳西下、麦穗逐浪、牧野茫茫的景象,而这群被笼罩在战火硝烟中焦虑万分的士兵们,就仿佛是那旷野里被初到的暴风雨袭击的羊群。

　　而落向这片斜坡的却是子弹雨啊!枪弹齐射的噼啪声不绝于耳,还有军用饭盒翻滚到壕沟里发出的沉闷撞击声,以及穿越战场上空的子弹雨飞过所划出的长长的呼啸声,这声音就好像一件声音悲凉响亮的弦乐器那绷紧的弦奏出的振鸣。这飘扬在战士们头顶上空的军旗,顶着迎面的枪林弹雨被挥舞几下,又时不时被裹进滚滚浓烟,消失在视野里;于是,总有一个庄严而骄傲的声音会响起:"军旗,我的孩子们,军旗!……"这声音高高盖过了漫天弹雨的呼啸、伤兵的低吼嘶鸣和暴粗咒骂;话音刚落,一名军官便一跃而起,只隐约见到这个身影冲向红色烟雾;然后英雄的旗帜再度复活,飘扬在战场的上空。

旗子已经倒下多达 22 次!……但同样多达 22 次,这从牺牲的士兵手中滑落、余温尚存的旗杆又会被另一个人牢牢握住,重新高高竖起;就这样,到太阳落山时,这支军团残存的兵力……已经为数不多了……他们一边战斗,一边缓缓撤退,军旗也仅剩一片烂布,旗子握在中士奥努斯手里,他是今天的第 23 位旗手。

这个奥努斯中士是个加服了三次兵役[①]的老家伙,他脑袋不大灵光,只勉强会写自个儿的名字,服役 20 年,才混了个士官。作为弃儿所经历的所有苦难都能从他执

[①] 每次重新服兵役臂上都会有一块臂章。奥努斯已经有三块臂章了。

拗的低额头、被行军背包压驼的脊背,以及职业大兵那毫无判断力的举止中看得出来。除此之外,他还有些结巴,不过当一名旗手是不需要好口才的。战役当天晚上,他的上校对他说:"你拿到了军旗,我的伙计;那么,你就保护好它吧。"随军的女膳食管理员随即在他那件历经日晒雨淋、枪林弹雨、已经破旧不堪的军大衣上锁上了一条标志少尉军衔的金色滚边。

这是他卑微人生唯一的骄傲。于是,这个老兵的腰杆子立马挺直了。这过去习惯走路弓着背、双目低垂只看地面的可怜家伙,从此以后,便有了一张意气风发的面孔,他的目光总是向上仰视军旗那飘扬的破布片,把杆子攥得笔直的,举得高高的,超越了死亡、背叛和溃败。

战斗的日子里,他只要能双手牢牢地握着紧裹在皮套里的旗杆,这世上便再无一人能如他这般快活。他一声不响,纹丝不动,严肃的样子活像一位神父,就好像手里拿着某件圣物似的。他把全部的生命、全部的力量都倾注在指尖,而这十指正死死攥着这面壮美但残破的神圣旗帜的旗杆,所有的子弹都奔着旗子而去,可旗手却用轻蔑的眼神睨着对面的普鲁士人,似乎在说:"来试试,看你们谁有本事从我手里抢走这面旗!……"

没有人去尝试,即便是死神。波尔尼战役结束了,加富罗特战役结束了,这些战役最是惨绝人寰,但军旗出现在各个战场,尽管残破不堪、千疮百孔甚至透出光亮,但它仍然牢牢地握在老奥努斯的手里。

转眼到了9月份,部队转战梅斯,接下去便是敌人的封锁,在泥泞地里长期停留,大炮都生锈了,再是世界第一流的军队,也会因为无仗可打、粮草匮乏和消息不通而士气低落,在枪架下发着高烧,烦躁骚动,眼巴巴等待着死神降临。无论是官还是兵,都已失去信心;唯有奥努斯,他依旧信心满满。这破烂的三色旗帜就是他的一切,只要他感觉到这旗帜的存在,就一切都不曾失去。不幸的是,由于没仗可打,上校把军旗收了回去,存放在他位于梅斯郊区某地的住所里,于是正直的奥努斯就有点像把宝宝寄养到奶妈家的年轻母亲。他无时无刻不在思念军旗。每当他被这思念折腾得无法忍受时,就火急火燎地赶到梅斯,只要看到军旗一直都在老地方待着,静静地倚着墙,便满怀勇气、踏踏实实地回到军营,湿漉漉的脑袋瓜子里重又做起了美梦,想象着战斗的情景,想象着法军一路凯旋,那无数三色旗迎风招展,飘扬在普鲁士人的战壕上方。

然而巴赞元帅当日的一道命令粉碎了他的梦想。早晨,奥努斯醒来的时候发现整个兵营都沸腾了,成群结队的士兵情绪激昂,怒火熊熊,不时发出愤怒的狂吼,他们都朝着市里的同一个方向挥动着拳头,就如同他们的怒气是冲着某个罪魁祸首一样。大家都吼着:"去把他绑了!……枪毙他!……"而军官们也由着这些人叫喊……他们走向另一边,脑袋埋得很低,就好像愧对他们的手下。这也确实是种奇耻大辱。有人刚告知这15万装备精良、战斗力尚存的士兵,元帅下达命令要他们对敌人不战而降。

"那军旗怎么办?"奥努斯问道,他脸色刷地白了……军旗得和别的东西一起交给敌人,包括枪支,包括剩余的辎重,包括一切……

"见……见……鬼的东西!……"可怜的人结结巴巴道,"这帮混蛋甭想拿到我这面军旗……"然后他撒开腿奔向市里。

市里面同样乱作一团。国民自卫队、市民、流动卫队,到处大吼大叫,到处一片混乱。一队队意见代表从身边经过,他们气得浑身发抖,直奔元帅府邸而去。奥努斯对这一切视而不见,充耳不闻。他一边踏上去郊区的路,一边自言自语:

"想从我手里夺走军旗!……尽管试试吧!有这种可能吗?他们有权这么做吗?尽管让元帅把自己的私人

财产给普鲁士人好了,他那辆镀金四轮豪华马车,他那套从墨西哥带回来的精致的银质餐具!可这军旗,是属于我的……它是我的荣耀。我不准别人碰它。"

他一路飞奔跑得气喘吁吁,再加上结巴,所以这段话说得磕磕巴巴、断断续续;可实际上,这老兵已经打定了主意!目标明确绝不动摇:他要取回军旗,把旗子带到军团中去,和那些愿意追随军旗的士兵一道,踩着普鲁士人的尸体前进。

可当他来到那个地方,守卫甚至不让他进门。上校本人也在气头上,不愿意见任何人……可奥努斯拒不接受。

他咒骂,他叫喊,他推搡着传令兵:"我的军旗……我要我的军旗……"末了,一扇窗户打开了:"是你吗,奥努斯?"

"是我,上校,我……"

"所有军旗都送到军工厂去了……你只要人过去,他们会给你一张收条……"

"收条?……有什么用?……"

"是元帅的命令……"

"可是,上校……"

"让……我安静点吧!……"窗户又关上了。

奥努斯老兵跟跟跄跄像个醉汉一样走了出来。

"一张收条……,一张收条……",他机械地重复着……最后他又继续上路,心里头只剩下一个念头,那就是军旗在军工厂,必须不计任何代价把旗子弄回来。

为了让在院子里排队等待的普鲁士军用货车开过去,军工厂的大门敞开着。奥努斯进门的时候打了一个冷战。所有其他的军旗手都已经在这里了,五六十名军官,神情悲恸,静默无言;还有那蒙蒙秋雨中黑漆漆的车子,车后聚集着一帮人,都没戴帽子:看上去就像送葬队伍。

角落里堆着巴赞元帅军队里的所有军旗,在泥泞的地砖上绞在一起。没有比眼前的情景更凄凉的了,只见这鲜艳夺目的绸布旗子破损不堪,旗上的金黄色流苏和精心包裹过的旗杆也支离破碎,这象征荣耀的物件被随意扔在地上,任凭雨水泥淖玷污。一名行政官员将这些旗子一面接一面地拿起来,报着一个个军团的编号,军团的旗手就上前去拿一张收条。两名看上去态度生硬、面无表情的普鲁士军官在边上监视着装卸物品。

你们就这么离去了,神圣的荣耀的支离破碎的军旗啊,剥露出你们的累累伤痕,去打扫砖石路面,如同那折翼的小鸟一般凄凉无助啊!你们就这么离去了,如一切被玷污的美好事物一样含着羞辱愤然离去,每一面旗帜都带走了法兰西的一部分灵魂。你们的褶皱纹理里留下了漫长征途中阳光的记忆,而这累累弹痕铭记着每一个在敌人炮火攻击下的战旗跟前牺牲的无名英雄……

"奥努斯,是你那面旗……那人叫你呢……去拿你的收条吧……"

真的要去领收条!

那军旗就在他眼前。真的是他那面,所有军旗中最美丽的那条,也是最支离破碎的那条……看着这旗帜,他仿佛又回到了斜坡高地。他又听到了子弹呼啸的声音、军用饭盒被枪弹击碎的声音,还有上校的声音:"军旗,我的孩子们!……"接着是他那22名中弹倒下的战友,而他是第23名旗手,轮到他冲过去再次举起旗帜了,这可怜的旗帜,失去了旗手正摇摇欲坠。啊!就在那一天,他发誓要保卫军旗,要至死捍卫它。可是,如今……

一想到这里,他感到血气上涌,都冲到了头上。像是醉了,又像是发了狂,他冲向普鲁士军官,从他手里一把抢过他至爱的旌旗,攥在手心里;接着,他试图再次把旗帜举起来,举得高高的,直直的,一边高喊着:"向军旗……"后面的话堵在了他的喉咙里。他感到旗杆在抖动,从他的双手滑落。这些在献降的城市上空盘旋着的憋屈、死亡之气压得人难以喘息,这样的空气让旌旗难以飘扬,再没有一种骄傲可以留存于世间……于是奥努斯老兵倒下了。

散文诗

今天一早开启屋门,便见着我磨坊的四周白霜铺满一地。冰封的叶片像玻璃一样晶莹透亮,还发出阵阵脆响;整片山陵簌簌颤抖……我亲爱的普罗旺斯竟也有这么一天,被装扮成了一派北国风光。正是在这挂满霜花的松树林里,在一丛丛怒放着,犹如水晶般晶莹剔透的熏衣草花束中,我写就了这两首颇有日耳曼式幻想风格的散文诗:正写着诗,轻霜送来了点点莹白冰芒,抬起头,晴空万里,一队队鹳鸰排列成人字,从海因里希·海涅的故乡飞来,又向卡马尔格飞去,伴随着一声声鸣叫:"天凉了……凉了……凉了。"

王太子之死

小太子病了,小太子快死了……王国内的所有教堂里都摆放着圣体,日日夜夜,一刻不曾撤下,而大蜡烛也一刻不息地燃烧着,只为了保佑这个王室的孩子能够痊愈。古老城堡的大街小巷都笼罩在凄惨寂静中,教堂的钟声不再敲响,马车行驶得异常缓慢……就在王宫四周,好奇的市民透过门口的铁栅,观望着院子里那群身披黄金甲、腆着大肚子的御前侍卫①,他们正神情严肃地交谈着。

整个城堡都弥漫着不安的气氛……许多御前侍从和王室管事们在大理石扶梯上上上下下,来回奔跑着……王宫的长廊里满是年轻的宫廷侍从和身着绸衣的朝堂大臣,他们问问这群人,又问问那伙人,小声地打探着消息……宽大的台阶上,陪伴王后的贵妇人们泪流满面地一边行着屈膝礼,一边捏着漂亮的绣花手绢抹眼泪。

橙园里聚集了诸多身着长袍的御医。透过窗玻璃,能看见他们挥舞黑色的长袖子,戴着假发的脑袋瓜子一

---

① 御前侍卫队都由瑞士兵团组成。

本正经地凑近叩诊锤……太子太傅和御马官在门外踱来踱去,等候着太医院的确诊决定。一些御膳房的小厨役从这两人身旁经过,也没有给他们施礼。御马官大人像异教徒那样一个劲地诅咒,说粗话,太傅大人则背诵着贺拉斯的诗句……与此同时,就听见马厩那头传来一声马儿的嘶鸣声,悠长而凄楚。那是小太子的栗色马,养马人遗忘了它的饲料,故而它只能对着空空如也的食槽哀声呼唤。

那么国王呢?我们的国王陛下在哪里?……陛下把自己独自关进了一个房间,这房间位于城堡的最里面……凡是身为君主的人都不爱让别人见着他们流泪……至于王后,又要另当别论了……她坐在小太子的床头,美丽脸庞上满是泪水,她就像个普通制呢女工那样,毫无顾忌地当着所有人的面放声痛哭。

在他那缀满花边的小床上,小太子的面色比他身下的床垫还要白,他就那样静静地躺着,双眼紧闭。人们以为他睡着了,但是他并没有睡!小太子睡不着……他转过脸看自己的母亲,见到她在哭,就对她说道:"母后,您为什么哭?难道您真的认为我快要死了吗?"王后很想回答他,但一阵哽咽却让她说不出话来。

"那就别哭了,母后;您忘了我可是太子啊,而做太子的人是不会就这样死去的……"王后哭得更凶了,于是小太子开始感到担心害怕了,"好啦!"他说道,"我可不想叫死神把我带走,我知道怎样阻止死神来这里……立刻召集 40 名强壮非凡的德籍步兵①来,让他们在我们床周围布置警卫!……再调集百门重磅大炮,就架设在我们窗口外,点燃导火线,昼夜严防!活该让死神吃些苦头,只要它有胆子靠近我们……"

为了哄小王子开心,王后打了个手势。霎时便听见一门门重磅大炮在王宫的院子里滚动;而 40 名高大威猛的德籍士兵则手持长槊,在房间四周列队。这些都是蓄着灰色小胡子经验丰富的老雇佣兵。小太子见到他们到来不由地击掌欢迎。他认出了其中一人,便打招呼道:"洛林!洛林!"这老兵于是朝着床上前一步。"我好喜欢你,我的老洛林……让我看看你的大刀……如果死神想把我带走,你一定会杀死它,你会的,对吗?"洛林回答道:"会的,殿下……"只见两颗硕大的泪珠顺着他棕褐色的脸颊滚落下来。

正说着,布道神父走到小太子身边,低声对他说了很长时间话,同时还拿出一个带耶稣像的十字架给他看。

---

① 指德籍志愿兵组成的雇佣步兵团。

小太子神情诧异莫名地听他说话,接着突然打断他说:"我非常明白您对我说的这些,神父先生,只是……难道就不能让我的小伙伴贝博代替我去死吗,如果我给他很多钱的话?……"神甫闻言继续低声对他说着什么,而小太子的神情愈发诧异。

等到神父说完之后,小太子长叹一声说道:"您对我说的关于那里的一切都如此令人悲伤,不过有一件事倒是让我感到安慰,那就是,到了天上,那个满是繁星的天堂里,我依旧是个太子……我知道上帝是我家亲戚,必然不会不按照我的身份地位给我应有的待遇。"接着,他又扭过脸对母亲补充了两句:"让人把我最漂亮的衣服拿来吧,我那件白鼬皮毛做的紧身短上衣,还有那双天鹅绒浅口皮鞋!我要让自己在天使面前看上去英勇无畏,要穿着一身太子的装束进入天堂。"

布道的神父第三次俯身凑近小太子,低声对他说起了那长长的布道词……说到一半,小太子生气地打断了他,喊道:"那么说起来,做太子一点用也没有!"说罢,小太子什么也不想听,他扭过身面朝墙壁,流下了痛苦辛酸的泪水。

专区区长下乡

专区区长大人外出巡游视察工作。车夫御马在前,仆从侍奉在后,专区公署的敞篷四轮马车载着他,一行人威风八面地驶向"仙女峡谷"的地区赛会现场。为了这个值得特别纪念的日子,区长大人特意穿上了漂亮的绣花礼服,头戴高顶礼帽,身着一条镶了银条边的紧身长裤,腰上别着一把剑柄包珍珠的仪仗剑……他的双膝上,静卧着一只轧凹凸花纹的皮质大公文包,而他正愁容满面地看着这个包。

区长大人愁容满面地盯着这个轧凹凸花纹的皮质公文包出神;他脑子里正冥思苦想要凑出一篇非同凡响的演说词,等会儿可以在对着"仙女峡谷"的居民发言时用……"先生们,亲爱的居民们……"任他把最爱的金色绸绢扭来绞去,重复了20来遍"先生们,亲爱的居民们",还是没有用,演讲的下文总也接不上来。

演讲的下文接不上来……坐在这敞篷马车里还真够热的!……通往"仙女峡谷"的马路一眼望不到头,法国南方的烈日下路面扬起尘埃……空气也像在灼烧……马路边的小榆树上满是白白的灰尘,成千上万知了的鸣叫声从一棵树到另一棵树此起彼伏遥相呼应……突然,区长大人打了个哆嗦,那边坡地脚下,他看到那里的一小片绿绿的橡树林似乎在向他打招呼。

那小片绿绿的橡树林似乎在向他打招呼:"请到这儿来,区长先生;为了构思您的演讲稿,最好还是到树下来吧……"区长大人被诱惑了;他跳下了敞篷四轮马车,叫他的随从人员等着他,他要去小小的绿色橡树林里构思他的演讲稿。

绿绿的小橡树林里有小鸟,有紫罗兰花还有隐藏在纤细的草叶下面的涓涓清泉……当注意到穿着漂亮的裤子、拎着轧凹凸花纹的皮质公文包的区长大人的时候,鸟儿们受到了惊吓,停止了歌唱;泉水也不敢再叮咚作响,紫罗兰更是躲进了细草窠里……这个小小世界的成员都从未见过一个区长,它们互相低声打听着这位身穿镶着银边的裤子到树林里来散步的气派老爷到底是谁。

轻轻地,它们在树荫下互相打听这位身穿镶着银边的裤子到树林里来散步的英俊老爷是谁……同时,区长大人为这树林的静谧和清新而心醉神迷,他卷起衣服下摆,把帽子放在草地上,在一棵小橡树脚下的青苔上坐下;接着,他把轧凹凸花纹的皮公文包放在膝盖上打开,从里头抽出一大张公文纸。"他是一位艺术家!"黄莺说道。"不,"灰雀说道,"他不是艺术家,因为他穿着镶银边的裤子,我看他更像个王公。"

"他更像个王公,"灰雀说道。"他既不是艺术家,也不是王公,"一只年老的夜莺打断道,这夜莺整个季节都在专区的各个花园里唱歌……"我知道他是谁,他是专区区长!"于是整个小树林都炸开了锅,就听到大家交头接耳:"他是个区长!他是个区长!""瞧他头发秃得多厉害!"一只长着羽冠的云雀注意到了这点。紫罗兰花也问道:"这个人坏不坏?"

"这个人坏不坏?"紫罗兰花问道。年老的夜莺回答道:"一点也不!"听到老夜莺的保证,鸟儿又开始歌唱,清泉又开始流淌,紫罗兰又开始吐露芬芳,就当这位先生不在似的……区长大人身处这绝妙的喧哗中,却心无旁骛,镇定自若,在心底里祈求着农业促进会的缪斯①能帮助他文思如泉涌,他拿起了笔,操着庆典时候用的声音开始大声朗诵道:"先生们,亲爱的居民们……先生们,亲爱的居民们,"区长用庆典专用嗓音大声道……一阵大笑打断了他,他转过身去,没有人,只有一只肥大的绿啄木鸟栖息在他的礼帽上,笑眯眯地盯着他。区长耸了耸肩,打算继续演讲;但绿啄木鸟再次打断了他的话,从远处冲着他

---

① 缪斯女神有时也借指文学灵感和文思。

喊:"有什么用?""什么!有什么用?"区长说着面孔已经通红;他一挥手赶走了这无礼的扁毛畜生,更起劲地嚷道:"先生们,亲爱的居民们……"

"先生们,亲爱的居民们,"区长更加起劲地继续道;这一回却是小紫罗兰从花枝头努力向他伸去,轻轻说道:"区长先生,我们这么香,您能闻到吗?"而清泉也在青苔下为他奏响一支优美的音乐,在他头顶的树枝里,一群黄莺都来为他吟唱它们最动听的歌谣,整个小树林都在合谋阻止他继续准备演讲。

整个小树林都在合谋阻止他继续准备演讲……区长大人被这花香和妙音陶醉了,他徒劳无功地企图反抗这正向他袭来的新诱惑。他双肘支在草地上,松开漂亮礼服的搭扣,又结结巴巴地说了两三遍:"先生们,亲爱的居民们……先生们,亲爱的居民……先生们,亲爱的……"然后,这些居民们都见鬼去了,而农业促进会的缪斯女神也只能重新蒙上了面纱。

蒙上你的面纱吧,噢农业促进会的缪斯女神!……一个小时后,当专区公署的人出于担心上司安危,跑进小树林时,他们所见到的场景把他们吓得不轻……区长大人趴在草地上,衣冠不整就像个波希米亚人,……区长大人一边嘴里嚼着紫罗兰花,一边在做诗。

柏林之围

我们与魏医生一同沿着香榭丽舍大街往北走,同时穿过被炮弹炸得千疮百孔的街墙、被机枪扫射得坑坑坎坎的人行道去探寻一段巴黎围城期间的故事,在快到星形广场那个大圆盘的时候,医生停下了脚步,他指着那许多环绕在凯旋门周边的富丽堂皇的高楼房其中的一栋给我看:

"您看见没,"他对我说道,"上面朝着阳台四扇窗户紧闭的那家?8月初的时候,就是去年那个恐怖的暴风雨和灾害不断的8月,我出诊看一个突发性中风的病人。那是朱弗上校的家,他曾参加过第一帝国时期的重骑兵团,是个执着于荣誉和爱国主义的老头,在战争刚爆发那会儿,他就搬到香榭丽舍大街居住了,住在一套有阳台的公寓房里……您猜是为什么?是为了能观看我们军队凯旋而归的仪式……这可怜的老头!维森堡会战失利的消息传来的时候,他正打算离开饭桌。当他读到这封宣告失利的战报下方拿破仑的名字时,就像遭了雷劈似的突然倒地。

"我到的时候,见到这个曾经的帝国老骑兵直挺挺地躺在房间地毯上,脸孔血红,表情呆滞,就像刚刚当头受到致命一击。老先生如果站着,一定显得高大;躺着似乎也算得上魁伟。他相貌俊朗,有一口漂亮的牙齿,一头浓密的银色鬓发,80 岁的年纪看上去只有 60……他的孙女跪在他身旁,哭得像个泪人儿似的。女孩长得像他,他们俩站在一起,就像是一个模子里轧出来的两枚漂亮的希腊钱币;唯一的区别就是一枚钱币陈旧些,颜色灰暗,边缘有些磨损,而另一枚闪闪发光,洁净清晰,有着新钱币的熠熠光彩和细致触感。

"这女孩的悲恸让我颇为感动。这是个在两代军人世家出生的女儿,她父亲在麦克马洪元帅的参谋部供职,眼前的情景,这倒地不起的魁梧老人的样子,在她脑海里会引发另一个同样可怕的联想,联想到她的父亲。我竭尽所能地安慰她;但其实我自己的内心也觉得希望渺茫。

我们遇上的可是实实在在的重症半身不遂,而对于一个年逾80的老人,几乎没有治愈的可能。情况也确实如此,之后的三天,病人一直处于一动不动的木僵①状态。就在这时,关于雷什奥芬战役的消息传到了巴黎城。你们可以想象一下当时传得多么神乎其神,直到那天晚上之前,所有的人都相信雷什奥芬战役获得了胜利,歼灭了敌军两万人,还俘虏了普鲁士王储……我也不清楚是发生了什么奇迹,还是因为某种电磁波,我们这个耳不能听、口不能言的可怜病人,尽管瘫痪着似乎也开始对这举国欢腾的消息有了回应;所以当天晚上,当我靠近他的病榻,看见的他居然像换了一个人似的,眼睛几乎已经很明亮,舌头也不再那么僵硬。他甚至有气力对我微笑,而且结结巴巴重复了两遍:

"'胜……利……了!''是的,上校,我们打了个大胜仗!……'

"我向他描述了麦克马洪元帅这次漂亮大胜仗的一些细节,渐渐地,我发现他面容舒展开了,脸上容光焕发……

---

① 木僵(stupeur)指患者不言不语、不吃不喝、不动,言语活动和动作行为处于完全的抑制状态,大小便潴留。由于吞咽反射的抑制,大量唾液积存在口腔内,侧头时顺着口角外流。

"当我走出房间,看见女孩脸色苍白,站在门口等我,她呜咽着哭泣。

"'他已经脱离危险了!'我握住女孩的双手说道。

"那可怜的姑娘几乎没有勇气回应我的安慰。刚刚有人把雷什奥芬战役的真实战报公布出来,麦克马洪元帅溃逃,全军覆没……我们俩懊丧地看着对方。她想到自己的父亲,不禁忧心忡忡。而我则一想到老人的病情就胆战心惊。毋庸置疑,老人经不起再一次的沉重打击……可是,又该怎么办呢?……让他快乐,让他继续相信那些使他活过来的幻觉假象么!……可是这样一来,就需要对他撒谎……

"'好吧,我来骗他!'勇敢的女孩迅速拭去脸上的泪水,然后她神采奕奕地走进了祖父的房间。

"她担负的可是项艰巨无比的任务。刚开始两天还能侥幸蒙混过关。老先生还木头木脑,任凭人像哄小孩子一样哄骗他。可是随着健康状况日益好转,他的头脑思路越来越清楚。于是必须要让他知晓双方军队的行动,为他编造军情战报。这个漂亮的女孩着实让人心疼得紧,她没日没夜地趴在德国地图上,往上面插着一面面小旗子,努力编造着一场辉煌胜利的战争:巴赞元帅所部直指柏林,弗鲁瓦萨尔大军鏖战巴伐利亚,麦克马洪元帅挺进波罗的海沿岸地区。为了编造得像那么回事,她经常询问我的意见,而我也竭尽所能地帮助她;但在编造这场虚构的征战过程中,对我们帮助最大的其实还是老爷子本人。他自己在第一帝国时期曾经多次征战德国!他对所有的军事行动都能料敌于先:'现在他们应该向这里进军了……接下来该会这样行动……'而他的预言最后总能实现,这一点不免让他十分得意。

"不幸的是,无论我们占领了多少城市,赢得了多少次会战,都是枉费心思,我们的进军速度永远赶不上老爷子的预期。老爷子的胃口可是大得出奇呀!……每天,我赶到他们家,都会得知一项新的战果:'大夫,我军已经占领了美因茨,'说着话,这年轻女孩走到了我跟前,脸上的微笑带着些许不安,而我也听到门后传来一个快乐的声音:'太好了,太好了……再有一个礼拜就能打进柏林了。'

"与此同时,普鲁士军队距离巴黎城也仅剩一个礼拜的路程……我们一开始商量着是不是该把他送出巴黎;但是,一旦出了屋子,整个法兰西的情形都会让他了解事实真相,而我觉得他目前的身体仍然太虚弱,之前遭受的心理打击所引起的麻痹情况还十分严重,根本不能让他知道真相。于是大家决定还是留在城内。

"被围城的第一天,我去了他们家,那一天的情景还历历在目,我当时感慨万分,巴黎城各处城门紧闭,一墙之隔就是战场,国界线已缩减至我们的城郊,此情此景让每个人内心深处都焦虑不安。我进去的时候,老先生正坐在床上,一副兴高采烈的样子,他用骄傲的语气对我说:'太好了!这下子围城终于开始了!'

"我吃了一惊,注视着他:'怎么,上校,您都知道了?……'

"他孙女马上转过身冲我说:'对啊,大夫……这可是个大新闻呢……围攻柏林的战役开始了。'

"她一边说着话,一边穿针引线,神情从容不迫、波澜不惊……老先生哪会有半点怀疑?防御工事那边传来的炮声,他听不见。不幸的巴黎城内那凄凄惨惨、人仰马翻的情景,他看不见。他在床上,外面能看见的只有凯旋门的一个侧面,以及在他的卧室里床的四周所摆放的足以维持他的胜利幻想的第一帝国时期的各类旧物件。元帅们的肖像画,描绘会战场景的版画,身着婴儿服饰的罗马国王画像;还有线条挺直、饰有铜件的长条案,上面堆满了帝国时期的战利品:一些荣誉勋章、几个青铜摆件、放在玻璃罩下的一块来自圣赫勒拿岛的小岩石,还有一些画着同一位女子的细密画,画上女子头发微鬈,一副舞会装扮,身穿黄色灯笼袖长裙,她的眼睛清澈明亮;所有的这一切,长条案、罗马国王、元帅们、身着黄色长裙的女士们,上身挺拔立着高领,腰线高束,这种显得人耸肩缩颈的僵直服饰风格正体现了1806年的优雅……多么正直的上校!正是这种胜利和征服的气氛,比我们的话语更有说服力,让他天真地相信法国军队包围了柏林。

"从这天开始,我们的军事行动就得以大大简化。拿下柏林城只是个时间问题。有时,老人感到实在无聊,大家就给他念一封他儿子的来信,这信自然是虚构的,因为此时任何外面的消息都进不了巴黎,而且自色当会战之后,麦克马洪的随从参谋就被押送到了位于德国的军事监狱。你们可以想象一下这个可怜的小姑娘有多么绝望,父亲音讯全无,只知道他成了俘虏,被剥夺一切,也许正受着病魔煎熬,她却不得不假托父亲的语气写出一封封喜气洋洋的来信,信当然很短,一个战士在被征服的国家里不断高奏凯歌前进,他在战场上只能有时间写出这样的短信。有时候女孩失去了坚持的力量,那么就会连着几个星期没有任何消息。而老人也开始担心,睡不好觉。于是,很快,又会从德国寄来一封信,女孩会忍住泪水,来到他床前装出高高兴兴的样子念给他听。上校听得很认真,一幅听进耳朵里的神情,时而赞许,时而批评,还为我们解释信上一些语焉不详的地方。但他最值得崇敬的地方,体现在他给儿子的回信中:'永远不要忘记自己是法国人,'他对儿子这样写道……'对这些可怜的人一定要宽容为本,不要对他们造成太大的伤害……'然后就是没完没了的叮嘱,都是些可爱之至的冗长说教:关于尊重他人财产啦,对女士要彬彬有礼啦,那真是一部真正适用于征服者的军事荣誉法典。里头还掺杂了一些对政治的一般见解,和与战败方的和谈条件。就这点而言,我可以这么说,他的要求毫不苛刻:'战争赔款,仅此而已……割让土地有什么用处?……难道能把德国变成法国吗?……'

"他用一种坚定的语气口授这些内容,他的话语让人感觉如此正直,传达出了一种崇高的爱国主义信念,听到他的这些话很难不被他感动。

"这段时间,攻城一直进行着,不过不是攻柏林城,唉!……那正是隆冬时节,炮火隆隆,疫病肆虐,饥馑猖狂。但幸而有我们的精心照料和坚持不懈,以及每天在他身上不知疲倦的付出,老人的静养不曾有一刻受到打搅。一直到最后的时刻,我都能帮他弄到白面包和新鲜肉食。说起来,这些食物也仅仅供他一人而已;你们可以想象一下,没有比老祖父就餐这一幕更令人感动的了,他是如此的自私自利,却又是那么的无辜:老先生坐在床上,精神焕发,笑容满面,胸前围着餐巾;小孙女就在他身旁,因缺衣少食而脸色略显苍白,她扶着老人的手,喂他喝汤,协助他吃这些别人吃不到的好东西。于是,吃过饭他精神健旺了许多,舒舒服服地待在暖暖的房间里,屋外寒冬凛冽,北风呼啸,雪花在窗外飞旋飘舞,老人回忆起了他在北方参加过的那几场战役,第一百次向我们谈及从俄罗斯撤退时的凄惨情景,那会儿只有冻成块的饼干和马肉充饥。'你能体会吗,小东西?我们当时能吃得上的只有马肉!'

"我无比相信这女孩对此深有体会,因为这两个月来,除了马肉她不曾吃过别的东西……随着老人一天天康复,我们的任务愈发难以完成。过去他五感迟钝,四肢麻木,倒方便我们把他蒙在鼓里,但现在这些有利因素都在消失。已经有那么三两次,马佑门前排炮齐射的声音让他跳了起来,像猎犬似的竖起了机敏的耳朵;于是我们不得不编谎话说,是巴赞元帅在柏林城下获得一轮新的胜利,荣军院为此礼炮齐鸣以示庆贺。又有一天,我们把他的床推到窗前——我记得这事儿似乎是在发生第一次布森瓦尔巷战的那个星期四①——老爷子清清楚楚看到

---

① 1870年10月21日星期四,第一次布森瓦尔战役爆发。1891年1月19日星期三,第二次布森瓦尔战役爆发。

许多国民自卫军战士在大军队街集结。

"'这支军队是哪里的?'老先生问道,随后我们听到他嘴里迸出几声低低的抱怨:'军容太差,军容太差。'

"虽然他说的不是别的什么,但我们明白,从这以后应当愈发谨慎。不幸的是,我们的谨慎似乎还不够。

"某天晚上,看到我来了,女孩向我跑来,她神情慌张地对我说:'明天他们就要进城了。'

"那个时候兴许老爷子的卧室门是开着的?后来重新回忆起这一切的时候,我记得这天晚上老爷子的面孔神色与平时不同。很有可能他是听见了我们两人的谈话。只不过我们俩指的是普鲁士军队;而老爷子则一厢情愿地以为是法国军队,以为是他期待已久的攻克柏林城的法军凯旋:麦克马洪元帅在鲜花锦簇、军乐高奏中步入街头,他的儿子走在元帅身边,而老爷子自己,则在阳台上,像当年在吕岑那样,身着军礼服,向布满弹孔、让战火硝烟给熏黑了的老鹰旗致敬……

"可怜的朱弗老爹!他恐怕把我们阻止他观看法国军队凯旋游行的原因想象成了担心他情绪太过激动。于是他小心地怀揣秘密,和谁都没说;第二天,正当成群结队的普鲁士士兵小心翼翼地进入从马佑门通往杜伊勒里宫的大道的时候,楼上的窗户缓缓打开了,朱弗上校出现在阳台上,他头顶军盔,腰佩军刀,身披代表着米约麾下老骑兵团战士昔日荣耀的旧军服。我至今仍然不确定他当时是凭借怎样的巨大意志力,是一种怎样的生命力爆发,才让他得以身披全副装备又站了起来。唯一千真万确的,就是他站在那里,在那阳台栏杆后面,吃惊地看到街道上空旷无人,寂静无声,四周房屋的百叶窗紧闭,巴黎城凄凄惨惨就仿佛一座庞大的疫病隔离站,到处飘扬着旗子,可却是如此古怪,这些旗子都是白底红十字,居然没有一个人出来欢迎我们的军队凯旋。

"起初,老先生以为自己弄错了⋯⋯

"不!那边,在凯旋门的那一边,随着一片听不清楚的嘈杂声,一支黑压压的队伍在初升的旭日下向前进发⋯⋯接着,慢慢地,可以看得见许多军盔的尖顶在闪烁,听得见耶拿小鼓奏着军乐,在星形广场的凯旋门下,伴着一排排士兵沉重脚步声和军刀撞击声的节奏,竟然响起了舒伯特那支雄伟欢快的进行曲[①]!⋯⋯

"这时在广场一片死气沉沉的寂静中,只听见一声大叫,这叫声让人胆裂魂飞:'快拿起武器!⋯⋯快拿起武器!⋯⋯普鲁士人进城了。'前锋部队最前面的四个轻骑

---

① 《军队进行曲》。

兵看见楼上的阳台里,一位身材魁梧的老人高振双臂,跟跄了几步,便直挺挺地倒了下去。这一回,朱弗上校可真的死了。

待售房屋

这是一扇关不严实的木门,使得小园子内的沙土地里混上了大老远的马路上飞扬的尘土,在这扇门上挂着一块通告牌,这牌子时日已久,在炎夏烈日的炙烤下纹丝不动,飒飒秋风却让它备受折磨,摇摇晃晃。牌子上面写着:"待售房屋",这种说法貌似也暗示着这是一栋遭人遗弃的房屋,因为周遭实在太安静了。

然而这屋子里事实上住着人。瞧那淡淡一缕天青色的炊烟,袅袅从略微高过外墙面的砖红色烟囱中腾起,岂不正泄露了此间有人正隐姓埋名、谨小慎微、凄凄凉凉地过着小日子,就如同这若有似无的烟火。而后,透过两扇晃晃悠悠的木门板间隙,看到的却不是废弃、荒芜的景象,也不是房屋发售、搬离时所常见的那种凌乱不堪,反倒是整齐划一的小径、拱顶的藤架、摆放在园子水池边的花洒和倚在小屋墙角的园艺工具。这只是一个农人的小屋,坐落在一块斜坡地上,靠着一段小楼梯保持建筑的平衡,楼上朝着阴面,底楼向着南面。朝南的这边像是阳光暖房。楼梯台阶上堆放着一些钟形的玻璃暖罩,温暖细白的沙地上还有一些倒扣着的空花盆,以及一些栽着老鹳草和马鞭草摆放得整整齐齐的花盆。此外,除却三两棵雄伟的悬铃木树荫下,小花园的其他地方都充满了阳光。有些果树顺着铁丝线排列成扇形,另一些贴着院墙排列得整整齐齐,舒展沐浴着灿烂阳光,树叶被修剪得稀稀拉拉,正是为了果子结得更好。还有一些草莓苗和爬上庞大棚架的豌豆苗;在这一切当中,在这一片井然有序和宁静祥和中,一位头戴稻草帽的老人每天都在小径中来回穿梭,凉快的时候就浇浇水,别的时候则忙着剪剪枝叶,整修园子和小径的边沿。

  老人在这个地方没有熟识的人。只有面包房送货的小车,会在这条镇上唯一的街道上每家每户门前都停一下,除此之外,他再没有任何访客。这里半山腰的坡地,土壤都十分肥沃,很适合建造迷人的果园,偶尔会有个寻找这种土地的过路客,见到门上挂的牌子,便停下脚步敲门。起初,房子里毫无动静。敲上第二下,就能听见一阵木底鞋的声音从园子深处慢慢向门口靠近,老人把门微微打开,怒气冲冲道:

"您想干啥?"

"这屋子出售吗?"

"是,"老先生的回答显得有些费力,"是的……这屋子待售,可我得预先给您提个醒,这屋子售价十分昂贵……"他的手拦在门前,时刻准备着关门送客。他的眼神将来人拒之千里之外,眼中冒着愤怒的火花,他就站在那里,好像一条守卫着自己一亩三分方形菜地和细沙地小园子的巨龙。于是这些过客重新踏上旅途,暗自嘀咕着自己究竟碰上了哪号子怪人,这人该是发了什么神经了,才会既想卖房,又极想把房子留住。

其中的奥秘还是被我发现了。某一日,当我经过门外的时候,听见几个激昂的声音,是激烈的争吵声。

"必须得卖掉,爸爸,房子必须卖掉……您答应过的……"

接着是老人的声音,声音颤抖得厉害:

"可是,孩子们,我也最好能把它卖了……你们看!我都挂上牌子了。"

于是我明白了,是他的儿子儿媳们,这些个巴黎城里的小店主,在逼迫老人把他心爱的土地卖掉。出于什么原因呢?我不清楚。可以确定的是,他们开始意识到这件事拖得时间过久了,从这天开始,他们每个礼拜天都会定期跑来看看,骚扰这不幸的老人,逼迫他遵守承诺。这里的礼拜天静悄悄,似乎田地经过了整整一周的耕耘、播种,也正享受着难得的休息日,所以我可以在大路上把他们的谈话听得清清楚楚。小店主们七嘴八舌,一边交谈一边玩着掷饼游戏,"钞票"这个词从他们尖酸刻薄的嘴里吐出来,听上去分外生硬无情,就如同他们投掷的掷片发出的撞击声。晚上,人全都走了;老好人将他们送出门,多走几步送上大马路,接着他快速返回,欢天喜地地关上笨重的大门,又赢得了一周的缓冲余地。这一周里,小屋又恢复了往常的静谧。在日头炙烤的小园子里,除了沉重步子压在沙地上发出的沙沙声和来回拖动耙子的声音,再听不到其他声响。

然而一周又一周过去了,老人被逼得越来越紧,也更加痛苦不堪。小店主们动用了所有手段,他们把老人的孙子孙女领来,只为了诱惑他:"您瞧吧,老爷子,只要卖掉屋子,您就来和我们一起住。三世同堂该多么幸福啊!……"接着就是在每个角落里密谈,没完没了在园子的小径里瞎转，以及大声计算着各种价钱。有一次，我听到其中一个女子大喊道："这破棚子最多值一百苏①……拆了得了。"

老人默默听着，一言不发。那些人就这样谈论着他，仿佛将他看作一个死人，就这样谈论着他的屋子，仿佛屋子已被夷为平地。他在花园里走着，弓着弯弯的背，满眼泪花，一边走，一边习惯性的看看哪个树枝需要修剪，哪个果子需要照料；可以感觉得到他的生命深深扎根于这方水土，他永远不会有力气将自己从中剥离。确实如此，无论他们对他说什么，他总是设法推迟离去的时间。盛夏时分，当园子里的果子，诸如樱桃、醋栗、黑茶藨子，将熟未熟，还带着些许酸涩，透着青涩气息的时候，他会自言自语地嘀咕："等到收了果子……然后，我就把这些全都卖了。"

但是，等到收完了果子，樱桃季一过，就轮到桃子季，接着是葡萄季，再然后是漂亮的棕色山楂果，总要等到漫天飞雪的时候才能采摘。接着冬天正式来了。乡野一片阴郁，园子里也空了。没有过路人，没有购房者。甚至礼拜天里，小店主们也绝迹了。整整三个月可以休养生息，准备播种，修剪果树。在此期间，那块没啥用处的牌子则

---

① 苏为辅币，相当于1/20法郎，两个苏约合10生丁。

在马路边风雨飘摇,被吹得翻来倒去。

久而久之,老人的孩子们耐心耗尽,他们相信老人在费尽心机让所有购房者退避三舍,于是他们拿定了主意。其中一个儿媳跑来和他同住,这个开店铺的小妇人,每天一大早就梳妆整齐,挂上一幅和蔼可亲的嘴脸,这是一种虚情假意的温柔,是生意人惯有的谄媚殷勤做派。这大马路倒像是她家的了。她把园子门敞开着,高声说话,对每个路人都笑容可掬,仿佛在说:"请进……您看……这房屋待售!"

可怜的老爷子再没有缓冲喘息的机会。有时候,为了努力忘记这妇人的存在,他会挥着铁锹翻地,重新播一次种,有些像那些濒临死亡的人们,只求忙忙碌碌,以忘却对死亡的恐惧。那个店铺老板娘整天跟在他屁股后头,不停地折磨他:"呵!您这样有意思么?……您忙活半天,到头来还不是便宜了人家?"

他一声不吭,只是凭着一股子从未见过的固执,一心扑在劳作上。让他的园子废弃下去置之不理,在他看来,就等同于开始失去园子,开始将自己从园子中剥离。于是,小径上找不到一根野草,玫瑰植株上也没有一支徒长枝①。

---

① 指在发育树木的树枝上,当年长出的生长势过于旺盛的生长枝。

反正暂时没有买家上门。这会儿是战争时期,那妇人再是敞开着大门,再是对着路人频送秋波也无济于事,路过的只有行色匆匆忙着搬家的人,进门的只有大马路上的尘土。日复一日,这女人变得越发尖酸刻薄。巴黎城里还有一堆生意需要她去照看。我常听到这女人冲着她公公倍加指责,吵得不可开交,用力砸门。老人则佝偻着背,一言不发,看到小豌豆爬着藤,心里便感到一阵快慰。门上的牌子还在老地方挂着,上书:"待售房屋"。

……今年,我回到了乡下,再次找到了这房子,但是,唉,待售的牌子已不见了踪迹。撕烂的布告泛着霉味,还挂在墙面上。完了,屋子卖掉了!原先灰色大木门的地方,出现了一扇绿色的门,油漆刚刷不久,上方是一个圆顶的三角楣,门上开着一扇栅栏窗,可以看到园子里。和昔日的果园景象大不相同了,换成了合乎资产阶级小市民口味的一切,杂乱无章的圆形花坛、草坪、格子栅栏,所有的一切都从台阶前不停摇摆的巨型金属圆球上反射了出来。里面映出的小径就如同一根根花花绿绿的彩带,还有两张夸张变形的大饼脸:一个是身材肥胖的红发男子,他汗流浃背,窝在乡野风格的椅子里,另外一个是肥硕的女人,她气喘吁吁,一边挥舞着手里的花洒一边大喊:"我给凤仙花浇了14壶水!"

屋子又加盖了一层,树篱也换了新的;在这修葺一新、还散发着油漆味儿的小房子里还传出钢琴的声音,正演奏着著名的瓜德利尔舞曲和在公共舞场经常能听到的波尔卡舞曲。声声舞曲传到大马路上,让听到的人越发燥热难耐。舞曲混杂着7月骄阳下飞舞的尘土,花哨喧嚣的大团鲜花和肥胖女士,还有漫无边际又粗俗鄙陋的快乐,这一切都让我的心紧紧揪起。我想到了那个老人,他曾经在那里散步,如此幸福,如此安静;我甚至可以想象得到,他在巴黎会是什么景象,戴着稻草帽,老园丁的背佝偻着,在某个儿子的店铺后堂来回踱步,空虚无聊,战战兢兢,满眼泪花;而他的儿媳妇则拿出一副胜利者的姿态,站在收账柜台后面,柜台里叮咚响得正欢的,恰是出售了小屋得来的埃居硬币。

入住磨坊

最感到吃惊的是那些小兔子!……长久以来,它们总看到磨坊的大门铁将军把门,墙面和平台上野草疯长,于是它们终于相信磨坊主人的血脉绝迹了,并且它们觉着这个地方不赖,就把这里弄成一个类似总司令部、战略指挥中心的地方:兔子们的杰玛普[①]磨坊指挥所……我到达磨坊的那天夜里,我不骗你,起码有20来只小兔子,在平台上围坐一圈,借着月光暖和它们的脚爪子……天窗微微支开一半,就听见咻溜一声!整支露营队伍闻风溃逃,眼前一只只

[①] 比利时城市。

小兔子晃着小白屁股四散逃窜,短尾巴一翘一翘着冲进灌木丛里。我一心盼望它们能再回来。

另一个看见我到来感到十分吃惊的家伙,是住在二楼的房客,一只长得阴森森的老猫头鹰,它的脸有点像思想家,在磨坊已经居住了20多个年头。我在楼上的房间里找到它时,它正一动不动、身子笔挺地立在一堆灰泥碎片和掉落的瓦砾残渣中的风车主动轴上。它眼睛瞪得溜溜圆,看了我一会儿;接着,由于没有认出我,它显得惊慌失措,开始一个劲地呜呜直叫,同时开始颇费劲儿地抖动起落满灰尘的灰色翅膀——这些见鬼的思想者!从来都不知道刷刷衣服……不过,没关系!尽管它这副模样,眼睛一眨一眨,面有不愉之色,但这位沉默寡言的房客已经比别的房客更得我欢心了,于是我赶忙与它签订了新的租房契约。它继续像以往那样,守卫着磨坊的制高点,从屋顶的入口飞进飞出;而我呢,则把楼下的房间留给自己,那是间用石灰粉刷白的小房间,屋子低矮,有拱顶,有些像修道院里的饭堂。

我就是在这间屋子里给您写信的,房门敞开着,灿烂的阳光照进屋子。

阳光下闪烁着光芒的美丽松树林,在我眼前一直倾泻到山坡脚下。阿尔皮里斯群峰在天际勾勒出纤美的山脊……万籁无声……偶尔,隐隐约约能听到从遥远的地方传来的短笛声、熏衣草花海中杓鹬的鸣叫声和大道上骡子的铃铛声……只有在阳光下,才能见到普罗旺斯所有的秀美景致。

那么现在,您还指望我对远离您那个嘈杂阴暗的巴黎表达遗憾之情吗?我住在自家的磨坊里多么自在!这就是我梦寐以求的地方,一方远离报纸、远离马车、远离雾霾、温暖芬芳的小小天地……我的四周萦绕着那么多美妙的事物呀!虽然我只不过在这里住了八天①,但脑中已经充满了各种感受和记忆……喏,就在昨天晚上,我目睹了一大群羊返回山坡脚下的一座农庄的景象。我发誓,这景象呀,就算您拿这一周您在巴黎城可以观看到的所有演出首映式和我交换,我也不乐意。您不妨想象一下。

您得知道,在普罗旺斯这地方,天气一旦热起来,就得把牲口群赶进阿尔卑斯山,这成了一种惯例。牲口和牧人就得在山上待上五六个月,在美丽的星空下,在齐腰深的草丛中,天为被,地为床;接着在飒飒秋风吹起的时候,他们便下山,返回农舍,让牲口们惬意地在充满迷迭

---

① 指一星期。

入住磨坊

香香气的灰色丘陵坡地啃噬草料……昨儿傍晚看到的就是那些羊群返回的情景。一大早,牲畜棚就敞开两扇大门,等待牛羊们回归;羊圈里也铺满了新鲜的稻草。随着时间一个小时一个小时的流逝,人们叨咕着:"现在他们该到埃尼埃尔了,现在该到帕拉多了。"接着,快到傍晚时分,突然有人大喊:"他们到了!"于是,在那边,遥远的地方,我们看到羊群裹着漫天金光闪闪的尘埃绵延而来。整条大路似乎随着羊群的行进而移动……羊群中领头的是老公羊,它们的两只犄角朝着前方,看上去野性十足;紧跟其后的是绵羊大部队,母绵羊看上去有些疲惫,身下拥着吃奶的羊羔;一些头上系着红丝绒球的母骡子背上驮着的篮子里装着刚出生不到一天的小羊羔,篮子像摇篮一样一边走一边摇;后面是一些汗流浃背的牧羊犬,长长的舌头拖到了地面上,最后面的两个家伙是魁梧的牧羊人,他们披着金棕色粗斜纹呢大衣,一直拖到脚跟,就像祭礼长袍。

这一溜长队,兴高采烈地从我们跟前经过,涌进了牲口棚大门,重重的步子有如暴风骤雨……屋子里该是怎样的沸腾景象啊。站在栖架上冠羽有如珠罗纱一样的肥硕的金绿色孔雀,认出了来者是谁,便发出小号一般非同凡响的鸣叫声,以表示欢迎。好梦正酣的家禽都被惊醒了。鸽子、鸭子、火鸡、珠鸡,统统站了起来。所有的家禽都像疯了一样;母鸡们更是谈论说要整夜庆祝!……好像每只羊的绒毛里都带回了阿尔卑斯高山牧场上野草的芬芳,带回些许高山深处的新鲜空气,这空气令人陶然欲醉,令人翩然起舞。

就在这般的喧嚣中,羊群回到了它们的住所。没有比住回家里更惬意的事情了。老山羊们再次见到自己的食槽,柔情万千。小羊羔们,尤其是那些在旅途中诞生的小家伙们,从没见过农庄的模样,正惊奇万分地观察着四周。但最让人感动的,是那些狗,那些尽职尽责、正直非凡的牧羊犬,它们跟着羊群鞍前马后,整个农庄里它们眼中只有羊群。不管留守的牧羊犬如何在狗窝里向它们打招呼,也不管水井的汲水桶里满满清洌的凉水如何向它们示意,它们都听而不闻,视而不见。只有等到羊群回到羊圈,栅栏门插上门闩,牧羊人到饭厅就座,它们才肯回窝。然后,它们一边舔着盆里的汤,一边向留守农庄的伙伴讲述它们在山上的经历,那个黑咕隆咚的地方有很多狼,还有很多滚满露水的大株紫红色毛地黄。

在博凯尔①的公共马车上

那一天,我来到了这里。我是乘坐着博凯尔的公共马车来的。这是一辆性能还好,但颇为简陋的旧式公共马车,返回车场之前其实并没有行驶多长一段路程,但是因为一路兜兜转转,走走停停,等到它傍晚到达的时候,反倒像从很远的地方来的了。不算车夫,车上总共五个人。

首先有一个卡马尔格②的看守,他是个矮胖的小个子,浑身长毛,两只大眼睛里布满血

---

① 法国城镇,位于加尔省。
② 法国南部地区。

丝，耳朵上戴着纯银耳环，浑身散发出一种野兽般的气息；然后是两个博凯尔当地人，一个是面包店老板，还有一个是他的揉面工人，这两人面色相当红润，就是气息有些急促——不过这两人的侧面神情高傲，就像古罗马钱币上皇帝维特留斯的人头像。最后是坐在前排靠近车夫位置的一个男人……不对！应该说是一顶鸭舌帽，一顶硕大无比的兔子皮鸭舌帽，这个人不太爱说话，只是神色凄凄地望着大马路。

这些人相互之间都是熟识的，他们大声谈论着各自的事情，显得很随意。那个卡马尔格人说自己从尼姆过来，因为捅了牧羊人一叉子而受到预审推事的传唤。在卡马尔格，真是人人血气方刚，好激动啊……不过博凯尔人也不甘多让！马车上这两个博凯尔人不正因某个关于圣母的问题而掐得你死我活吗？看来，面包店老板来自某个长久以来信奉童真圣母马利亚的教堂区，普罗旺斯人管这种手臂里抱着婴儿耶稣的圣母形象叫"仁慈的圣母"；揉面工人，恰恰相反，他参加了一座新成立的教堂的唱诗班，这座教堂供奉始胎无玷圣母[①]，这个美丽的圣母

[①] 又称圣母无染原罪，教皇庇护九世于1854年正式宣布的教义对象，但东正教和几乎所有的新教教派不接受这个教义。

形象面带微笑,双臂下垂,两手释放灵光。争吵的源头就在这里。让我们看看这两位优秀的天主教徒是怎么互相争论,又是怎么探讨各自的圣母形象的:

"她真漂亮,你的无玷始胎圣母!"

"你还是和你那仁慈的圣母一起滚蛋吧!"

"在巴勒斯坦,你那个圣母很多时候脸色是灰蒙蒙的。"

"那你那个呢,哼!品质低劣!……天晓得她还有啥事干不出的……不妨去问问圣若瑟。"

如果是在那不勒斯港,两个人为了证明各自的信仰,只怕就要亮出寒光闪闪的刀子了。毫无疑问,若是没有车夫从中调停,我相信这场愈演愈烈的神学大比武一定会以武力形式结束的。

"让我们大家,还有你们的圣母都清静一下吧,"马车夫笑着对那两个博凯尔人说道:"你们说的这些,都是女人们的破事儿,大男人就不该瞎掺和。"

说罢,他把手中的鞭子挥得噼噼啪啪响,摆出一副对宗教争论不以为然的神情,引得所有人都接受了他的主张。

争论是结束了,但是面包店老板却兴致正浓,他得想办法把余兴释放出去,于是他转身面向那个不幸的鸭舌帽,那家伙正一言不发、愁容满面地蜷在自己的角落,他一副戏谑的表情问他:"哎,你老婆呢,磨刀匠?……她属于哪个教堂区?"

要知道他说的这句话其实极具滑稽意味,因为车上的人全都哄堂大笑……磨刀匠自己却没笑。他看上去似乎没有听进去。看到这种情况,面包店老板又转身对我说道:"您不认识他老婆吗,先生!那女人是个古怪透顶的教友,没错!在博凯尔可找不出第二个像她那样的女人。"他们笑得更起劲了。磨刀匠一动不动,头也不抬地小声警告:"你闭嘴,做面包的。"

可是这恶魔一样的面包店老板并不想保持缄默,他变本加厉:"蠢蛋!这位老兄娶了这样一个老婆也没啥好抱怨的……和她在一起不会感觉半点无聊……您想想!每隔半年就要让人拐跑一次,等到回来的时候,又总能编出啥瞎话来向你解释……不管怎么说,这两人可是古怪的一家子……先生,您想象一下,他们结婚还没满一年,这女人就脚底抹油,跟着一个巧克力商去了西班牙。把丈夫一个人孤零零地撇在家里,使劲地流泪、酗酒……男人那阵子像疯了一样。过了一阵子,那美人儿又自己回来了,一身西班牙服饰,还带了个小小的挂着铃铛的鼓。我们所有人都对那女人说:'快躲起来吧!他会杀了你。'

啊！是的，杀她……可他们又一起平安无事地过日子了，她甚至还教男人玩铃鼓。"

于是又爆发出一阵大笑。磨刀匠依然缩在他的角落里，头抬也不抬，口中喃喃道："你闭嘴，做面包的。"

面包店老板没有注意他说了什么，继续道："先生，您一定会认为，那美人儿出走西班牙回来后，总该消停点了吧……啊，不，没有……她丈夫这些事处理得可真够好的！于是又让她萌发了再次出走的念头……继那个西班牙人之后，是一名军官，然后是个罗纳河上的水手，接着是一个乐师，之后……谁晓得是些什么人？……这事妙就妙在，每次都是同样一出滑稽戏。女人跟人跑了，丈夫痛哭流涕，女人回来，丈夫自我安慰。总是有人把她从她丈夫身边拐走，又总是让他一次次又重新得到她……您不认为这个丈夫耐心十足吗？也必须得说，这磨刀匠的小媳妇确实漂亮极了……真像一只小红雀：活泼可爱，身材匀称；皮肤白皙，浅褐色的明眸总是笑吟吟向男人送着秋波……说真的，我的巴黎人啊，您要是有朝一日经过博凯尔……"

"哦！闭嘴，做面包的，我求你了。"那可怜的磨刀匠又一次喃喃道，他的声音令人肝肠寸断……

正在这时候，马车停了下来。我们来到了安格洛家的农舍。两个博凯尔人从这里下了车,我向您发誓,我不会留住他们……那个爱开玩笑的面包店老板,他已经进了农舍的院子里,我们却还能听到他的大笑声。

这些人都走了,马车仿佛空了许多。卡马尔格人在阿尔勒下了车;马车夫也下了马车,牵着马在路上走……车厢里就剩下我们两个,磨刀匠和我,我们都待在各自的角落里,一言不发。天气很热;马车的皮顶篷烤得滚烫。我时而眼皮耷拉,脑袋变沉;可是压根睡不着。我脑子里反复萦绕着这句"闭上嘴,求你了。"那么伤痛,那么柔弱……他也一样,这可怜的男人也睡不着。从背后,我看到他宽厚的肩膀在颤抖,而他的手——一只灰白而笨拙的手——搭在长椅靠背上一个劲地抖动,就像一只老人的手。他在哭泣……

"您的地方到了,巴黎人!"马车夫突然对我大喊,同时用马鞭的一端向我指指这翠绿的小山冈和那屹立于山巅像只大蝴蝶一般的磨坊。我赶紧下车……在经过磨刀匠身旁的时候,我试图看清他鸭舌帽下的脸;我那么想在离开之前看清楚他的样貌。他似乎明白了我的想法,这可怜的男人猛地抬起了头,我们俩的目光对上了:

"请看清楚我的样子,朋友,"他用嘶哑的声音对我说:"如果有朝一日,您听说在博凯尔发生了一件不幸的事,您可以告诉别人您认识那个犯事的人。"

这是一张憔悴、忧伤的面孔,一双小眼睛暗淡无光。眼中噙着泪水,但声音里包含着恨意。这恨意啊,正是弱者的愤慨!……如果我是磨刀匠的妻子,我定然要提防着点。

塞甘先生的母山羊

——献给巴黎的抒情诗诗人皮埃尔·格兰戈尔[①]先生

你总是这副老样子,我可怜的格兰戈尔。

这都是怎么一回事儿啊!有人给你提供了份在巴黎某家知名报纸担任专栏编辑的职位,你却毅然回绝了……还是瞧瞧你自己的模样吧,不幸的小伙子!看看你这件满是破洞的紧身短上衣,皱皱巴巴的紧身长裤,还有这张写着

[①] 皮埃尔·格兰戈尔(Pierre Gringoire),1475—1538年,文艺复兴时期法国剧作家和诗人。雨果的《巴黎圣母院》中的同名诗人就是以他为原型加工而成的。

饥饿的瘦削脸庞。这就是你搜肠刮肚、呕心沥血苦寻诗歌好韵的结果啊！这就是你在阿波罗陛下的侍从队列中忠诚服务整十年所付出的代价……对于最后落到这步田地你不会感到难为情吗？

你还是老老实实去做专栏编辑吧，傻瓜！做专栏编辑吧！你会赚到许多玫瑰纹埃居①，你会时常光临布雷邦饭店就餐，你可以穿戴一新，头戴插着一支崭新羽毛的无边软帽去观看首场演出……

不好？你不愿意？……你声称要拥有自由，随心所欲到底……那好，先来听听这个关于塞甘先生的母山羊的故事。你会看到要想活得随心所欲，代价是什么。

塞甘先生和他那些母山羊从来没有遇上过什么好事。

他失去之前几只母山羊的情形都如出一辙：某个阳光灿烂的早晨，它们挣断绳索，跑进山里，然后被山上的野狼吃掉。主人的抚爱留不住它们，对野狼的恐惧也阻挡不了它们。这些羊似乎都是不自由，毋宁死，不惜任何代价也要呼吸到自由空气。

---

① 玫瑰纹埃居或者英伦埃居，正面为上顶皇冠的五瓣玫瑰花，有字母 EC 纹样，指的是英国皇冠（English Crown）。

正直老实的塞甘先生完全不了解这些畜生的个性,他对此十分沮丧。他说道:"完了,这些母羊在我家里待得很无聊,看来我一只都留不住了。"

即便如此,他毫不灰心,于是接二连三,以同样的方式弄丢了六只母山羊后,他又买了第七只山羊;只不过这一次,他特意挑了一只年幼的小母山羊,可以让它从小习惯住在他家。

啊!格兰戈尔啊,这只塞甘先生的小母山羊多么漂亮啊!瞧那一双温柔的眼睛,土官那样的小山羊胡,乌黑锃亮的四只蹄子,斑纹清晰的羊犄角,雪白纤长的羊毛像给它披上了一件宽袖长外套,说有多漂亮就有多漂亮;几乎和爱斯梅拉达①的小羊一样迷人可爱,你还记得那只羊吗,格兰戈尔?——而且这只小母山羊那么温顺,喜欢人爱抚它,给它挤奶的时候就乖乖一动不动,绝对不会把蹄子踩到盛奶的盆里:真是只漂亮可爱的小东西……

塞甘先生的屋后有一块山楂树围成的小园子。他就把他的新住客安置在里头。他把小山羊拴在一根小木桩上,那是草地上最棒的一块地方,他特别注意给小山羊留了很长一段绳索,时不时他会跑去看看小羊儿是否适应。

---

① 《巴黎圣母院》女主人公。

小母山羊看上去如此幸福,它心情快活地啃着草皮,于是塞甘先生也满心欢喜:"终于,"这可怜的人心里想着,"总算有一只羊不会在我家里觉得无聊了。"

塞甘先生搞错了,他的母山羊正无聊着呢。

有一天,它一边望着山,一边自言自语:"如果能待在山上该多么惬意!如果能在一丛丛欧石南里蹦蹦跳跳,没有这根见鬼的绳索把我的脖子勒破皮该多么快乐……对毛驴或者牛来说,被关在这园子吃草兴许是件美事!……可是我们山羊向往更广阔的天地。"

从这一刻开始,园子里的青草在它看来变得淡而无味。它开始烦躁。它慢慢消瘦;羊奶渐渐少了。瞧着它整日里死拽着拴它的绳索,别过脑袋朝向高山,鼻孔张得大大的,凄苦地咩咩直叫……真让人心里难受。

塞甘先生显然已经意识到他的母山羊身上有了些变化,尽管他并不清楚这是怎么回事……某一天,正当他即将结束挤奶的工作,母山羊转过了头,用土话对他说:"听着,塞甘先生,住在您这儿对我来说是种煎熬。请放我去山上吧。"

"啊!天啊!……她也这么想了!"塞甘先生大吃一惊,不禁叫道,于是他把手里的奶盆扔到了一边,……然后,坐到了草皮上,在他的小山羊身边:

"怎么回事儿,小白汁儿①,你打算离开我?"

小白汁儿回答道:"确实如此,塞甘先生。"

"难道你觉得这地方的草不够你吃?"

"哦!不是这样,塞甘先生。"

"也许是拴着你的绳子太短了,你希望我给你放长一点?"

"没有这个必要,塞甘先生。"

"那么,你到底想要怎样?你有什么需要?"

"我想去山上,塞甘先生。"

"可是,不幸的小羊,你不知道山上有大野狼吗……如果狼来了,你可怎么办?……"

"我可以用犄角对付它,塞甘先生。"

"你的两只犄角,野狼可不会放在眼里。我之前几只被它吃掉的母山羊也像你一样长着犄角……你该知道,去年我这里曾有一只叫雷诺德的可怜老羊,它可是只惯于发号施令的母头羊,就像只公羊那么强壮而又好狠斗勇。它与野狼搏斗了一整夜……可早上狼还是把它给吃了。"

"哎哟!可怜的雷诺德!……但没关系,塞甘先生,

---

① 是一种白汁烩肉块,这里是小母山羊的昵称。

还是让我去山上吧。"

"我的老天啊!"塞甘先生说道,"……我的山羊们都怎么了呀?又要让野狼吃掉我一只羊了呀……那么,绝对不行……小淘气,就算你不乐意我也要拯救你,为了防止你挣断绳索,我要把你关进牲口棚,就让你一直关在里头。"

说完这话,塞甘先生就把母山羊拖进了一间黑洞洞、伸手不见五指的牲口棚,然后把门锁上了两道。不幸的是,他居然忘了窗户开着,所以他转身刚走,那小母山羊就跳窗逃走了……

"你是在笑吗,格兰戈尔?当然喽!我也是这么想的;你可是和山羊们一伙儿,专门与善良的塞甘先生对着干……我们就看看你过一会儿还笑得出来不。"

浑身雪白的母山羊来到了山里头,山里原先的住客都欣喜不已。老枞树这辈子还没见过比这只小羊更漂亮的东西。于是它们像欢迎一位王后那样欢迎它。栗子树弯腰垂到了地面,只为了扬起树枝,用枝梢抚摸它。金灿灿的金雀花在它所经之处为它开道,竭尽全力散发着香气。山上所有的生灵都在为它欢庆。

格兰戈尔,你是不是在想我们的小山羊是不是幸福呢。没了绳索的束缚,没了木桩的羁绊……再没有任何东西会阻止它蹦蹦跳跳,会不准它尽情享用青草……这里芳草茫茫!高度都盖过了它的犄角,我亲爱的朋友……而这草又有着怎样的好滋味啊!丰美多汁的,细长的,有着锯齿边的,该有上千个品种不重样……塞甘先生小园子里的青草地真无法与它同日而语。而那些花朵也是啊!……蓝盈盈大朵的风铃草,花萼修长的紫红色毛地黄,漫山遍野的鲜花正溢出沁人心脾的汁液!……

雪白的母山羊几乎陶醉其中,它张开蹄子,四脚朝天在花草丛中打滚,然后就带起一地落叶和栗果,沿着坡面一路滚了下去……接着它忽地一跳,四脚着地立了起来。嗨!它跑起来了,脑袋高昂着,越过了灌木林和荆棘丛,忽而冲上山尖,忽而趟过溪谷低洼,它不知疲倦地上上下下,到处撒腿跑得欢……不明真相的人兴许以为有十只塞甘先生的母山羊在山里头蹿呢。

那是因为小白汁儿一无所惧。

它纵身一跳,便越过了汹涌的湍流,湍流的泥浆和水沫儿溅了它一身。于是一身湿漉漉的小羊儿只得躺在一块平坦的岩石上,让太阳把湿毛晒干……有一次,它齿间叼着一朵金雀花,向前跑到高地的边缘,这时,它看见了山脚下平原上塞甘先生那座屋后有个小园子的房子。这让它笑出了泪水。

"多小的地方啊!"它说道,"我以前居然能在里头待得住?!"

可怜的小东西!它看到自己站在高处,便以为自己至少像世界那么大了……

总而言之,这于塞甘先生的母山羊来说是美好的一天。它就这样左奔奔右跑跑,快到正午的时候,它遇上了一群正围着一株野葡萄树藤大快朵颐的岩羚羊。我们这位身披白袍的跑步健将的到来引起了一阵轰动。岩羚羊们给它让出了最佳的位置啃野葡萄藤叶子,所有这些羚羊男士们都显得殷勤有礼……甚至有一只——格兰戈尔,这话也就我们之间说说……甚至一只皮毛乌黑的年轻岩羚羊很幸运地赢得了小白汁儿的芳心。这对恋人甚至脱离大部队,躲到树林里去独处了一两个小时,如果你想知道它们的私密话,还是去询问那青苔深处隐隐流动着的多舌的清泉吧。

忽来一阵习习凉风,漫山遍野一片紫色;夜幕降临了……"已经那么晚了呀!"小山羊嘀咕道,它吃惊地停住了步子。

山下,田野已然沉入一片暮霭。塞甘先生的小园子也消失在茫茫雾气中,小房子也只能隐约看见小尖顶和几缕炊烟;小山羊听到牧人赶着牲口群回家的铃铛声,心里感到一阵忧伤……一只归巢的大隼与它擦身而过,让它吓了一跳……然后就听见山里回荡起一声声嗥叫:"呜!呜!……"

它立刻想到了是狼;今天整个白天,这快乐得到处疯的小羊都没有想起山上有狼……与此同时,一阵号声也在远远的山谷里响起,是善良的塞甘先生在做最后的尝试。

"呜!呜!……"狼嗥声声。

"回来吧!回来吧!……"号声凄厉。

小白汁儿有一刻想过返回;但当它一想到那木桩,那绳索,园子的栅栏,它觉得现在的自己对这种曾经的生活已经不堪忍受,最好还是留在山上吧。

号声停止了。

小母山羊听见身后传来一阵树叶的响声。它转过身,看见树的暗影下有两只又短又直的耳朵,以及两只冒着幽幽绿光的眼睛……是野狼。

野狼很大,纹丝不动地蹲在那里,一边注视着雪白的小山羊,一边已经开始想象品尝山羊肉的滋味。由于知道一定可以吃到这只山羊,所以野狼显得从容不迫;只有在小羊转过身子的时候,野狼才露出恶毒的笑容:"哈!哈!塞甘先生的小山羊!"它伸出血红的大舌头在火绒草一样的下唇上舔了舔。

小白汁儿感到自己完蛋了……有一刻，它回忆起了那个老母山羊雷诺德的故事，它曾经和野狼战斗了一整夜，直到早晨才被吃掉，小山羊寻思着，与其像它那样，还不如一下子就让狼给吃了呢；可马上它又改变主意了，它摆出一幅戒备的架势，低下头，犄角冲着前方，就像塞甘先生勇敢的小山羊该有的模样……并非它有了杀死野狼的希望——从没有山羊杀死野狼的先例——它不过想看看是不是能坚持得像雷诺德一样久……

于是那庞然大物发动进攻了，而小羊的犄角也开始舞动。

啊！多么英勇的小母山羊，它如此充满斗志！至少十次，我不骗你，格兰戈尔，它至少十次逼得野狼喘不过气，不得不后退。趁这短暂的休战时间，贪吃的小母羊急匆匆叼上一口最爱的嫩草枝，就回去继续战斗了，嘴巴塞得满满的……战斗持续了一整夜。塞甘先生的小母羊时不时抬头看一眼清澈的天空中舞动的繁星，一边寻思着："哎呀！但愿我能坚持到黎明……"

这满天繁星一颗接着一颗消逝。小白汁儿加强了犄角进攻的速度，而野狼也一口一口咬得更狠……天边突然显现一抹惨白的微光……从一户种田人家传出一声公鸡嘶哑的打鸣声。"总算到早上了!"一心等着能挨到天亮再死的可怜小羊嘟哝着;然后它躺倒在地,浑身雪白美丽的毛早已血迹斑斑……

于是野狼扑向了小母山羊,把它给吃掉了。

永别了,格兰戈尔!

你刚才听到的这个故事绝非我编造的。如果有朝一日你有机会来普罗旺斯,我们这儿的农民会时常操着浓重的当地口音,用土话告诉你:"塞甘先生的山羊,和野狼搏斗了一整夜,结果第二天早上让狼给吃掉了。"

你听到我说什么了吗,格兰戈尔?

结果第二天早上让狼给吃掉了。

小间谍

他的名字叫斯代纳,小斯代纳。这孩子是巴黎人,体质虚弱,脸色苍白,他的年龄兴许是10岁,也可能是15岁;碰上这些个小鬼头,素来很难弄清楚他们到底多大。他的母亲早已过世了;他父亲曾经是个海军老兵,现如今是圣堂街区广场小公园的看门人。小婴儿们、女佣们、坐马扎的老太婆们、贫穷的母亲们,所有那些会一路小跑、来到这个人行道环抱中的花圃里的轿马车下避日头的巴黎人,都熟悉斯代纳老爹,而且都非常爱他。人人都知道,他粗硬的小胡子,常常让流浪狗或者整天游手好闲、赖在公园长凳上的人感到畏惧,然而在这胡子下隐藏着的笑容,充满善意且富有近乎母爱般的慈爱,要想时时见到这种笑容,只需要对这老好人问道:"您那小子还好吗?……"这斯代纳老爹可是爱极了这个儿子!每天晚上,当那小家伙放学后来找他,他们爷儿俩便一起顺着公园的小径散步,在每张长凳前停下脚步,和熟客们打声招呼,回应他们的殷勤问候。

不幸的是,自打围城开始后,一切都变了。斯代纳老爹的广场小公园关闭了,被充作存储煤油的地方,而可怜的斯代纳老爹不得不日夜不停地小心看管这里,不得不在这空寂无人、杂草丛生的花坛里挨着日子,孤零零一个人,不能吸烟,只有等到晚上夜深,才可以回家见到自己的儿子。你真该去看看当他谈及普鲁士军队的时候,他那撇小胡子……小斯代纳倒是不怎么抱怨这种新的生活。

兵临城下!城里的小孩子们都觉得十分带劲,他们不用再去上学了!也不用再参加什么互助小组!天天放大假,整条大街就像节假日的集市市场……

这孩子每天在外面游荡到很晚,才一路小跑回家。他会跟着一些本地的士兵营队去城墙,不过他更喜欢跟在那些军乐声好听的营队后头,小斯代纳在这方面很精通。诸如他定然会告诉你们96营的军乐平庸至极,倒是

55营的军乐有如天籁。有时,他会跑去观看别动队士兵出操;然后他还会去排队……

隆冬的大清早,少了路边煤气灯的照明,到处仍然黑漆漆的,肉铺、面包房的栅栏门前早早排起了长龙,这种时候总能见到他手挽篮子钻进这些长长的队伍。排队的时候,大家就脚踩在积水洼地里,互相认识,聊聊政局,由于他是斯代纳老爹的儿子,每个人都会问问他的看法。但最为让他着迷的,还是软木塞博弈游戏①,这种闻名遐迩的瓶塞博弈游戏的兴起,主要归功于国民别动队中布列塔尼籍的队员,他们在围城期间带起了这股潮流。只要在城墙那边或者面包房门前没有小斯代纳的影子,那么定然可以在水塔广场的软木塞博弈游戏场地那里逮着他。当然,他自己不参与博弈,玩这玩意儿需要很多钱。他只要亲眼看看别人怎么玩就心满意足了!

当中一个玩家,是个穿着蓝色工装裤的大个子男孩,他每次下注都用五法郎②的大面额硬币,让小斯代纳羡

---

① 一种利用软木塞赌博的游戏,游戏规则:用两枚游戏掷片击打一个粗大的软木塞,软木塞上面放着赌注,第一枚游戏掷片务必投到软木塞附近,第二枚直接击打软木塞,尽量让软木塞上的赌注落下并且距离第一枚掷片比距离软木塞更近,这样才算获胜。

② 旧时一苏等于二十分之一法郎,所以习惯上用一百苏代称五法郎。

慕不已。当大个子跑起步来,人人都能听见他工装裤口袋里的埃居硬币丁零当啷地响个不停……

某一天,那个大个子走到小斯代纳跟前,一边捡起一枚滚到小家伙脚边的硬币,一边对他低声说道:"让你眼馋了,是不? ……好吧,如果你有兴趣,我就告诉你从哪里可以弄到这些钱。"

一局博弈结束后,那大个子把小斯代纳领到广场的一个角落,建议他跟着自己一起去卖报纸给普鲁士人,每跑一趟可以赚上30法郎。起初,小斯代纳气愤不已地拒绝了,于是整整三天他都没去观看博弈游戏。这三天他过得狼狈不堪,吃不好,睡不着。夜里,他会看到成堆的软木塞在他床脚边垒得高高的,无数五法郎的硬币平放在他面前又迅速地溜走,每一枚都闪闪发光。这诱惑也太过强烈了些。第四天,他重返水塔广场,又见到那个大个子男孩,听任自己上了他的贼船……

他们在一个冬雪的早晨动身了,肩上搭着只帆布背包,一卷报纸藏匿在罩衫里头。当他们来到弗兰德门前的时候,天色刚蒙蒙亮。大个子拉着小斯代纳的手,一边靠近站岗的卫兵——一个鼻子红彤彤,看上去一团和气的老实巴交的驻守士兵——一边可怜兮兮地说道:"放我们过去吧,善良的先生……我们的母亲生病了,父亲也死了。我和小弟弟，我们两个想去田里挖一些土豆。"

那孩子说着哭了起来。小斯代纳感到又羞又愧，一个劲把脑袋埋低。那哨兵打量了哥俩一会儿工夫，又扭头瞅了眼皑皑白雪覆盖下空无一人的道路。

"那赶紧过吧。"那士兵一面说着这话，一面走开了。

于是俩孩子就踏上了前往欧贝维利耶①的大路。大个子得意地放声大笑。

小斯代纳则晕晕乎乎，仿佛梦中人，他看见一排排工厂厂房已俨然改建成了兵营，一座座哨卡无人把守，路障上头还挑晒着许多湿淋淋的破布，高耸的烟囱刺破晨雾，直指云霄，那豁着大口子的烟囱早已不吐浓烟了。遥远的前方有一个岗哨，几个穿着风衣的军官举起小型望远镜观察着情况，被融化的雪水淋透的几个小帐篷后面零零落落散着几堆即将熄灭的篝火。大个子对这里倒是熟门熟路，他专挑田野地间穿行，以躲避岗哨。即便如此，他们还是没能避开一座游击队的大哨所。身着短防雨外衣的游击队员们都顺着索瓦松的铁道沿线一字排开，蹲在满是融雪积水的战壕里。大个子又用先前编的故事糊弄人，但这一回任凭他满舌生花也无济于事，不让

---

① 法国城镇，位于巴黎北部。

过就是不让过。于是,正当他唉声叹气、抽抽泣泣的时候,铁路道口看守员的房子里走出一个人,是个年纪挺大的中士,他一头白发,满脸皱纹,看上去很像斯代纳老爹。"好了!娃娃们,都别哭哭啼啼的了!"他对孩子们说道,"就让你们过去挖土豆;不过,在那之前,先进屋来暖和暖和身子……这小家伙看上去快要冻僵了!"

唉!小斯代纳之所以浑身哆嗦,可不是因为天寒地冻,而是因为害怕,因为羞愧……在哨所里,他们见到几个士兵围着一小撮微弱的火堆蜷缩成一团,那火可真是微弱,就着这微弱的火苗,他们把冻得邦邦硬的饼干串在刺刀刀尖上烤软。那几人挪了挪身子,让两个孩子坐下。他们递给娃娃们一点喝的东西,是一小杯咖啡。正当他们喝着咖啡的时候,门口来了一名军官,他把中士叫了出去,悄悄地和他说了几句话,便迅速地离开了。

"小伙子们!"中士掩不住满脸的欢喜,宣布道:"……马上有机会好好干一架了,就在今天夜里……刚刚截获了一份普鲁士军队的情报……我想这一次我们一定可以重新夺回这个见鬼的布尔歇①!"

士兵中立刻爆发出一阵欢呼声和笑声。他们开始载

---

① 布尔歇镇,位于巴黎北郊。

歌载舞,有人还擦起了刺刀;于是,一片乱哄哄中,两个小娃娃趁机开溜。

翻过壕沟之后,眼前一马平川,平原的尽头是一道满是枪眼的雪白的长墙。他们俩前进的方向正是这道墙,他们每走一步就停一下,佯装挖土豆的样子。

"我们回去吧……别再往那儿去了。"小斯代纳不停地说道。

他的同伴却不在乎地耸耸肩,继续往前走。突然他们听到子弹上膛的咔咔声。

"卧倒!"大个子一边对他说着,一边扑倒在地。

他一卧下就吹了声口哨。雪地那边也回了他一声口哨。于是两人匍匐前进……在白墙跟前紧贴地皮的地方,冒出来两顶脏得让人作呕的贝雷帽,下面是两撇黄色的小胡子。大个子一闪身跳进了战壕里,来到那个普鲁士人的旁边。

"这个是我弟弟。"他说着指了指身后的同伴。

小斯代纳看上去那么小,普鲁士人一见到他就乐了,他不得不把小家伙抱起来,用双臂举高,送过白墙的缺口。

墙的另一头,有填高的土丘、卧倒的大树、皑皑白雪中黑洞洞的坑,每个坑里都清一色是脏兮兮的贝雷帽,也都清一色是看见孩子们经过就笑呵呵的黄色小胡子。

在一处角落里是一座之前给园丁住的小房子,房子外面用树干垒成了个临时防御工事,底层挤满了士兵,有打扑克牌消遣的,有用旺火堆煮着热汤的。热汤散发着白菜、五花肉的香气;这哪是游击队员们的营火冷食可以比的!楼上是军官们,可以听见他们弹奏钢琴和开香槟酒的声音。两个巴黎小男孩一踏进房子,迎接他们的是一阵快乐的欢呼声。孩子们递上他们要的报纸;接着有人给俩人倒上杯喝的,和他们攀谈起来。所有的军官都挂着一副傲慢凶恶的面孔;但大个子那巴黎郊区人特有的热情和满口流里流气的脏词逗得他们很开心。他们开怀大笑,重复着大个子的那些脏词,津津有味地满嘴说着这小男孩从巴黎给他们带来的下流话语。

小斯代纳也很想说上几句,来证明自己不是个笨蛋;但似乎总有什么东西拘束着他。在他面前,有个普鲁士军官独自坐在一边,他看上去比其他军官年纪更大,神情也更为严肃,他在看报纸,或者说佯装在看报纸,因为他那双眼睛就一刻都没离开过小斯代纳。他的眼神满是慈爱之情,又隐隐透出责备,就好像这个男人在家乡也有一个和小斯代纳同龄的儿子,而他的眼神仿佛在说:"我可是宁愿死,也不愿看到自己的儿子干这种勾当……"

从这一刻起,小斯代纳像是感觉到有一只大掌攥住了他的心脏,阻止它继续跳动。

为了摆脱这焦躁不安的心情,小斯代纳开始喝酒。只一会儿工夫,周围的一切都好像在他眼前打转。他模模糊糊地听到,在这粗犷的大笑声中,他的同伴开始嘲笑国民卫队,挑剔着他们操练的方式,模仿着马莱的某次军事检阅和城墙上的某次夜间警戒的情景。接着,大个子压低了嗓门,军官们都围拢了过去,脸色变得严肃起来。这无耻的家伙正在把游击队今夜会突袭的消息透露给他们。

这一下,小斯代纳气愤得站了起来,酒也醒了,他阻止道:"不要说,大个子……我不许你说。"

但那大个子对他的劝阻嗤之以鼻,笑过之后,依旧我行我素。他还没讲完,全部普鲁士军官都站了起来。其中一个用手指着门,对两个孩子说道:"你们滚吧!"

紧接着他们开始商量起来,他们说的是德语,语速很快。大个子走出了门,神情骄傲得像个威尼斯总督,把到手的硬币弄得丁零当啷响。小斯代纳跟在他身后,低着头;当他经过刚才那个目光让他局促不安的普鲁士军官身旁的时候,只听到一个悲伤的声音对他说:"不光隆啊,不光隆^①。"

泪水顿时模糊了他的双眼。

一回到平原上,两个孩子便开始奔跑,迅速返回。他们的背包里满是普鲁士人送他们的土豆;有了这些土豆,他们毫不费力地通过了游击队的战壕防线。那里的人们正在为夜里的突袭做准备。军队悄无声息地在墙后面集结。那个年纪大的中士也在,他忙着安排士兵们各就各位,他的神情是如此喜气洋洋!当孩子们经过的时候,他认出了他们,朝他们善意地笑了一笑……

哦!这微笑让小斯代纳心里如此难受!有那么一刻,他真想大声疾呼:"不要去那里……我们出卖了你们。"

但是大个子之前对他说过:"如果你说了,我们都会被枪毙。"于是他害怕了,不敢说出实情……

回到库尔纳夫镇^②,他们躲进了一间废弃的小屋,在那里瓜分赚得的钱。根据当时的实情,我必须得说,钱分得确实很公道。小斯代纳听着这些美丽的硬币在罩衫下叮当作响,想到马上可以参加软木塞博弈游戏,对所犯下

---

① 普鲁士人的发音不标准,原本他想说的是"不光荣"。
② 法国城镇,位于巴黎北郊,塞纳-圣但尼省。

的这一切的罪恶感也就没有那么厉害了。

但是,每当他独自一人时,这孩子又是那么不幸!自打出了门,大个子和他分手后,他的衣服口袋开始变得沉重,攥着他心脏的大掌捏得比任何时候都用力。他眼中的巴黎城也不再是原来的样子。在他身旁经过的路人神色严厉地盯着他,仿佛知道他刚从哪里回来。间谍这个词,从车轮的滚动声中,从运河沿岸操练的军鼓声中,飘到他的耳边。终于,他回到家里了,那么幸运,父亲居然还没有回家,于是小家伙迅速爬上自己的房间,把这些让他良心不安的埃居藏到了枕头下。

斯代纳老爹回来了,他从没有像今晚这样面容和蔼、心情愉快。人们刚得到从省外传来的消息:全国战局有了好转。吃着饭的时候,这位当年的老兵看着挂在墙上的枪,笑容亲切地对着他的孩子说道:"嗯,我的好小子,如果你现在年纪大点儿,就该可以狠狠地揍普鲁士人一顿了!"

快到八点的时候,人们听到了炮声。

"是欧贝维利耶……他们在布尔歇那里打起来了。"我们的老好人嘟哝道,他对所有的防御要塞了如指掌。小斯代纳的小脸刷地一下惨白,他借口非常疲倦,便回房睡觉去了,然而他压根睡不着。隆隆炮声一直在耳畔回响。他脑海里闪现出游击队趁着夜色突袭普鲁士军队，却反而一脚踏进埋伏圈的情景。他回忆起那个朝着他微笑的中士，似乎看到他已然直挺挺地倒下，就在雪地里，又有多少士兵和他一样啊！……用所有这些士兵付出血的代价换来的东西此刻就静静地躺在他的枕头下，都是因为他，斯代纳先生的儿子，一位老兵的儿子……涌出的泪水让他难以呼吸。隔壁的房间里，传来父亲的脚步声，他打开了窗户。楼下的广场上，军队集结的号声正在吹响，一营别动队官兵正在报数，整装待发。很明显，这是一场真正的战斗。不幸的男孩忍不住哭出声音来。

"你怎么啦？"斯代纳老爹走进房间问道。

孩子再也无法忍受这种煎熬，一下子从床上跳了起来，扑倒在父亲的脚下。随着他的动作，埃居硬币也纷纷滚落到地上。

"这些是怎么回事？你偷来的？"老爹浑身颤抖地问道。

于是，小斯代纳把他跑去普鲁士军队那里以及在那里所做的一切，都一口气原原本本地讲给他父亲听了。小斯代纳讲得越多，他的内心就仿佛越自由，招认自己的罪行让他感觉轻松了许多……斯代纳老爹静静地听着，他的脸色十分吓人。当儿子讲完这一切，老爹把脸深埋进双手,哭了起来。

"父亲,父亲……"儿子呼唤着想说些什么。

老爹一把推开儿子,他默默地拾起所有硬币。

"钱都在这儿吗?"他问道。

小斯代纳点点头表示这就是全部。老爹取下墙上的枪和子弹盒,把硬币都装进兜里,说道:

"那好,我现在就去把钱还给他们。"

然后,没有再说一句话,没有再回一次头,他走下楼,加入了夜色中开拔的那支国民别动队。自那以后,再没有人见到过他。

小红山鹑的激愤

大家都知道,我们山鹑通常结成小群行动,在乡野田间的低洼地面群居筑巢,一有风吹草动,就像撒出去的一把稻谷种子,扑棱棱扇着翅膀,一下子散得无影无踪。我们的同伴个性活泼且数目众多,我们来到毗邻平原地带的大树林旁边栖身,一边是粮仓,一边是上佳的安乐窝,真是进退两相宜。而且,自打我能跑会飞,我羽翼渐丰,衣食无忧,小日子过得是舒心又惬意。不过美中不足的是,最近有件事让我颇为担心:众所周知的狩猎季节将要开始了,山鹑妈妈们私底下早就开始小声谈论这事了。我们这伙山鹑里,某只资历较深的同伴总是这样对我说:"不要怕,小红红。"仅仅因为我的喙和爪子像花楸的果实一样鲜红,大家伙儿都管我叫小红红。"不要怕,小红红。开猎的那一天,你跟紧我,我保证你不会有任何危险。"

这是只老公山鹑,他狡猾机智,还是一如既往的敏捷,尽管他胸膛上有个马蹄铁形状的伤疤,身子上有些地方的羽毛也变成了白色。他年轻那会儿,翅膀上曾经吃过一粒铅弹子儿,使他行动起来有些笨拙,他飞翔之前要看两眼伤处,然后再慢悠悠起飞。他常常把我带到树林的入口处,那儿有座与众不同的小房子,搭建在栗子树之间,像一个空寂的洞穴悄无声息,小房子总是铁将军把门。

"好好瞧瞧这房子吧,小家伙,"老山鹑对我说道,"一旦你看到屋顶升起炊烟,门和百叶窗也打开了,这对我们来说可不是什么好消息。"

我对他所说的深信不疑,要知道他可不是第一次经历狩猎季节了。

果不其然,一天清晨,天色刚蒙蒙亮,我就听见田地里有个声音在轻声呼唤着我:"小红红,小红红。"

是我朋友老公山鹑。他两只眼睛亮得出奇。

"快来呀,"他对我说,"跟着我。"

我睡得迷迷糊糊,就跟着他,穿过一团团土丘地,深一脚浅一脚,没有飞,甚至也没有跳跃,就像只小老鼠一样,悄悄地走着。我们来到了树林边;在路上,我看到小房子的烟囱已经冒起了炊烟,窗户透着灯光,屋子的前门敞开着,猎人们拿着武器装备,猎狗围着主人跳得正欢。当我们经过的时候,其中的一个猎人喊道:

"上午先在平原上打猎,吃过午饭再去林子里。"

这下子我明白了,我的老伙计为啥先把我领到大树下。尽管如此,我的心脏还是怦怦怦跳得厉害,特别是想到我那些在林子外的可怜朋友们。

就在我们即将到达树林边缘的时候,突然,猎狗们朝着我们这边跑过来……

"趴地上,趴地上,"老伙计一边猫下身子,一边对我说;与此同时,距离我们仅十步之遥,一只受惊的鹌鹑扑棱着翅膀,嘴巴张得老大,他发出一声恐惧的尖叫,接着飞了起来。只听到一声巨响,我们便被一团烟雾笼罩了,这烟雾散发着怪气味,白蒙蒙,热乎乎的,尽管太阳刚刚喷薄而出。我吓傻了,一步也拔不动腿。幸运的是,我们这时候已经进了林子了。我的同伴老山鹑躲在一棵小橡树后缩成一团,我也凑到他身边,我们俩就躲在那里,透过树叶悄悄观察外边的动静。

此时的田野里,正是枪声大作。每听到一声枪响,我就头昏脑涨地闭上眼睛;当我重新睁开眼睛的时候,只见茫茫无垠的平原上没有任何鸟禽飞翔,猎狗们奔跑着,在杂草丛里、条垛子①里到处翻找着,像疯子一样就地打着转。跟在后面的那些猎人,有的骂骂咧咧,有的呼唤着爱犬;他们的枪在阳光下闪闪发光。有一刻,空中一团灰色烟云升腾,尽管四周找不到一棵树,我却感觉自己看到像树叶一样的东西四散飞舞,消逝在视野中。但老山鹑告诉我,那团东西是鸟的羽毛;他没说错,就在距离我们百步开外,一只漂亮的灰山鹑落在了田地里,仰着血淋淋的小脑袋。

当太阳升到了头顶,阳光灼灼逼人的时候,枪声戛然而止。猎人们开始返回小屋子,屋子里已经有人烧起了火,可以听到炉膛里葡萄的嫩枝芽被旺火烧得噼里啪啦响。猎人们背着猎枪,一边交谈一边往回走,他们交流着打猎的心得,猎狗跟在主人们身后,疲惫不堪,拖着长长的舌头……

"他们要吃午饭了,"我的同伴对我说道,"我们也跟他们一样,弄点吃的去。"

---

① 庄稼收割后放在田里晾晒的条堆。

于是我们便钻进一片紧靠树林的荞麦地,偌大一片地黑白相间,白的是花,黑的是穗,闻上去有杏仁的香味。几只长着金褐色羽毛的漂亮锦鸡正在那里啄食,他们把顶着鲜红鸡冠子的脑袋压得低低的,生怕让人瞧见。啊!他们身上早没有了往日的神气。他们一边吃一边从我们这儿打听最新情况,问他们的某一个同伴是否已经被打死。与此同时,猎人们的午餐正在进行着,起先餐桌上还静悄悄的,不一会儿便热闹起来,动静越来越大;我们能听到酒杯碰撞的声音,拔酒瓶塞子的声音。老伙计觉得是时候回藏身之所了。

此刻的树林如同睡着了一般。平日里狍子饮水的小池塘,少了这灵巧舌头的搅动,泛不起一丝涟漪。小树林的百里香花丛里也找不到一只馋嘴的兔子。只能感觉到一种神秘的战栗在漫延,就好像每一片树叶、每一棵小草都庇护着一个受死亡威胁的小生命。这些林中的小猎物们拥有太多的藏身之所:洞穴、灌木丛、木柴堆、荆棘;再有就是沟渠,树林里的沟渠,在大雨过后,囤积的雨水可以久久不干。说真的,我倒是挺希望能在这里找个洞躲躲;但我的同伴更偏好留在露天,只为在广阔天地中能看得更远,可以感应到前方空气中涌动的危机。他的想法是正确的,因为猎人们已经来到了林子里。

啊!这是树林里响起的第一枪啊,我永远也无法忘记,它是如何像四月天的冰雹一样洞穿枝叶茂密的树冠,在树皮上刻下痕迹。一只小兔子紧张得爪子一把揪下几簇草,然后穿过小径,夺路而逃。一只小松鼠从栗子树上滚下来,将许多尚未成熟的栗子果实也滚落一地。三两只肥硕的锦鸡尝试着吃力地飞行。这第一枪导致的巨大气流席卷大树低矮的树枝丛和干枯的树叶堆,引发了一波混乱。这枪声令树林里所有的生物都心神不宁,惊恐万分。田鼠们钻进了深深的地洞。从我们躲藏的那棵树上爬出一只鹿角锹甲,他那又大又蠢的眼睛,因为恐惧而睁得滚圆,一个劲滴溜溜打转。蓝豆娘①、大熊蜂、花蝴蝶,这些可怜的小昆虫惊慌失措得到处乱转……甚至于有只猩红翅膀的小蚱蜢竟然落到了我的嘴前;不过我自己也正担惊受怕着,所以压根没想到利用他的恐惧心理,享用这顿天上掉下的美味。

老山鹬依然那么冷静。他全神贯注地听着猎犬的吠声和枪声,每当猎人们靠近,他就向我示意,我们就避让得远一些,退出猎狗的搜索范围和子弹的射程,安全地隐蔽在树叶丛后面。有一次,我甚至以为我们肯定要完蛋

---

① 一种蓝色的蜻蜓。

了。我们要穿越的小路两头各有一个埋伏的猎人把守。其中之一是个蓄黑胡子的大个头壮汉,他全身配备齐全:打猎短刀、子弹盒、火药盒,还没算上一直扣到膝盖的护腿套甲,这护腿让他看上去更加高大,他每走一步,身上这些铜铁装备就会哗啦啦响一下。另一个猎人是个矮个小老头,他背靠一棵大树,平静地抽着烟斗,眨着眼睛,一副睡不醒的样子。我不怕这老头;倒是另一头的大个子让我发怵……

"你什么窍门也没看出来啊,小红红。"我的伙伴笑眯眯地对我说;说着,他毫不畏惧地张开翅膀,几乎从那个看上去很可怕的大胡子猎手的裤裆下飞了出去。

事实是那个可怜的人穿着这全套打猎装备,动作笨拙不堪,而他又忙着自顾自从头到脚地欣赏一番,所以等他取枪瞄准时,我们早飞出了射程之外。啊!要是猎人们知道就好了:当他们以为自己是在树林里的某个角落独处的时候,其实有多少双小眼睛从灌木丛里窥伺着他们,又有多少尖尖的小喙竭力地克制着,才没有放出声来嘲笑他们的笨拙!……

我们飞呀飞,一直向前飞。除了紧跟着老山鹬,我也没有别的法子,我两翅生风,紧紧追随着他,等他落在某个枝头收起翅膀,停下不动,我也跟着照做。我们途经的地方,我还历历在目:开满粉色小花的欧石南树丛,黄色的树脚下满是地下洞穴;前面一排高大的橡树林像硕大的幕布,在我看来,那个地方处处暗藏杀机;还有那条青青小径,我的山鹑妈妈曾无数次带着我们这群小家伙,迎着五月的明媚阳光,在上面散步,我们也曾经在上面一边蹦蹦跳跳,一边啄食爬上我们爪子的红色蚂蚁,我们还在上面遇到过几只像母鸡一样肥胖、神气活现的小锦鸡,他们不屑与我们一同玩耍。

我可爱的小径,我看着它,恍如置身梦境,一只母鹿穿过我的小径,她身姿修长,四肢纤细,眼睛大大的,随时准备起身跳跃。接着是那小池塘,我们这一伙山鹑,素来十五、三十成群,从平原上起飞,飞上一分钟光景,到这里的活泉来饮水,任凭清泉溅上身,滴滴晶莹的水珠从光亮熠熠的毛羽上滚落……池塘的中央,有一丛郁郁葱葱的水清风①,这正是我们藏身的小渚。除非猎狗的嗅觉非凡,才能来这里搜寻我们。我们在小渚上才待了一会儿,就看见一只狍子一瘸一拐地走了过来,他的身子靠三条健全的腿支撑着,身后青苔上留下了一道鲜红的血痕。我不忍看这凄惨的一幕,将脑袋一个劲埋进树叶里;然而

---

① 桤木苗的别称。

我清楚地听到这受伤的狍子一边喘着粗气一边俯身水塘饮水,他正受着高烧的折磨……

夜幕降临。枪声越来越远,越来越少,直至这里的一切回归静寂……屠杀结束了。于是我们悄悄回到平原上,打探群里同伴们的消息。在经过树林小屋的时候,我看到了骇人至极的一幕。

一条沟渠边上,一只只红棕色皮毛的野兔和白尾小灰毛兔的尸体并排横躺着。死亡让他们的小爪子合握在一起,看上去像是在求饶,他们已经失去光泽的眼睛仿佛在默默哭泣;接着进入眼帘的是一只只红色的大山鹑和灰色的幼年山鹑,他们和我的同伴老山鹑一样胸脯上有一个马蹄铁形状的印记,还有几只是和我一样的一年内幼山鹑,长羽毛下的绒毛还不曾褪尽。你知道还有什么事情比见到死去的鸟儿更凄凉的吗?他们曾经展开翅膀,是如此的生机勃勃!现在看到这翅膀缩成一团,冷冰冰的,我的心一个劲地颤抖……尸体中还有一只漂亮无比的大个子狍子,他静静地躺在那里,就像睡着了,粉红色的小舌头从嘴中吐出来,像是想舔什么东西。

猎人们也在,他们俯下身子清点着这场屠杀的成果,并把猎物鲜血淋漓的爪子、折裂的翅膀提起来一股脑塞进猎物袋,对所有这些新造成的创伤满不在乎。猎狗已经套上了项圈,准备回家,但他们依然警觉地绷紧下唇,时刻准备着再次冲进矮树林搜寻猎物。

啊!在这夕阳西下之时,他们全部都离开了,一个个筋疲力尽,长长的影子投射在田野旁边的土垄上,又落在被夜晚的露水打湿的小径上。我狠狠地诅咒他们,憎恨他们,这些个人,这些个畜生,这群混蛋!……不管是老山鹬,还是我,都鼓不起勇气,像往日那样,对这刚刚结束的一天,道上一声永别。

回来的一路上,我们见到一些背运的小动物,他们挨了流弹,死于非命,身上爬满了蚂蚁;一些田鼠,死去时嘴巴还拱着泥土;一些喜鹊和燕子,在飞翔中被击落,后背着地,僵硬的小爪子直挺挺抓向夜空,秋天里夜色降临得极快,皓洁清冽,露重霜浓。然而,最让人哀伤的,莫过于听到这激荡在树林边缘、草地尽头、溪畔柳林的声声呼唤,焦虑、悲戚的呼唤声越传越远,回应的却是一片静默死寂。

母 亲

——围城旧事

那一天早晨,我去瓦雷里安山看望我们的一位画家朋友阿波,他在塞纳省国民别动队里任中尉。那会儿这正直的小伙子恰巧在站岗,实在走不开。他不得不留在那儿,在要塞前防御工事的暗门通道里,来来回回巡逻,样子就像一个正在执勤的水兵。我们就在那里聊天,谈论着巴黎的情况、战争的形势以及那些不在此地的亲朋好友……我这中尉朋友虽说披上了别动队的军服,骨子里依然还是当年那个野性十足的小画匠。他话音突然停止,像是看见眼前出现了猎物,收住了脚步,一把抓住我的手臂:"看,多像杜米埃①画中的人物!"他对我小声说着,灰色的小眼睛里闪着猎狗一样的光芒,他眼角瞥了一下瓦雷里安山高地,示意我瞧上面刚刚出现的两个令人肃然起敬的身影。

确实像杜米埃画中的人物。这男子身着一件栗色长款礼服大衣,礼服上配着暗绿色天鹅绒披肩大翻领,看上去像是用树林里陈年的老青苔裁就的,他身材矮小精瘦,面色红润,额头扁平,两只眼睛圆溜溜的,鼻子就像是仓鸮②的喙。他的头很小,像是鸟的脑袋,脸上都是褶子,看上去既一本正经又有些蠢笨。一只手里挽着个花绒布提包,里面露出一截酒瓶的细长瓶颈,另一只胳膊下则夹着一听罐头,就是那种一成不变的白铁皮罐头,若不是巴黎城被封锁长达五个月,我们是决不会再见到这玩意儿的……把目光投向那女子,只见她头戴一顶大得出奇的撑边女帽,一条旧披肩把她从上到下裹得紧紧的,倒像是特意为了勾勒出她贫困的窘状似的;帽子那褪了色的蜂窝状褶裥饰边里,时不时露出一截尖尖的鼻头和几绺灰白干枯的头发。

---

① 杜米埃(1808—1879),法国画家、版画家、雕塑家。
② 猫头鹰的一种,较为常见。

那男子走上高地后,便停下脚步顺顺气,擦擦额头。其实高地上面并不热,况且还弥漫着 11 月底深秋的轻雾;可见这两位来的时候走得太急了……

女子倒是没有停步,她径直向暗门前的岗哨走来,看到我们犹豫了一分钟,像有什么话要说;她可能被我朋友的中尉军衔吓住了,更愿意找个普通哨兵问话,我听见她畏畏缩缩地要求见见她儿子,一个巴黎国民别动队第三大队第六支队的别动队员。

"你在这里等着,"哨兵说道,"我让人去叫他。"

她看上去非常开心,长长地松了口气,转过头去看她丈夫;然后两人就一起坐到了离岗哨有段距离的斜坡边。

他们在那边等了挺长一段时间。瓦雷里安山地方很大,水道纵横,防御据点、战士营房、地堡掩体纵横交错,复杂异常!您试试在这样一个悬于天地之间,像勒皮他飞岛①一样在云海中盘旋飘荡的迷宫之城找出一个第六支队的普通战士。更何况是在这个一天当中最鸡飞狗跳的时间,要塞里到处是鼓声号声、士兵的跑步声、军用水壶的撞击声。哨兵换岗、勤杂供给统统在这个时候;一个细作满身血淋淋地让几个游击队员用枪托又砸又打,押

---

① 格列佛游记中会飞的浮岛。

送了过来;一些南岱尔当地的农民跑来向将军抗议这个抱怨那个;一个传令兵骑马飞奔而来,马上的男人都快冻僵了,那牲畜倒是跑得大汗淋漓;一队骡子背着双椅驮鞍从前哨回来,驮鞍上一边一个伤员,在这牲畜背脊两侧摇摇摆摆,他们轻轻发出呻吟声,虚弱得就像生病的羔羊;一队水兵在短笛声和阵阵"嗨哟嗬"的号子声中拉着绳索在拖一门崭新的大炮;一个穿着红裤子的牧羊人赶着要塞的牛羊群,手里挥着大马鞭,肩上斜挎着一杆军用步枪;这你来我往的一切把暗门前的岗哨口堵了个水泄不通,这情形有点像中东国家沙漠旅队云集的大马店。

"但愿他们没把帮我找儿子的事情给忘了!"那位可怜的母亲这会儿的眼神分明这样说道;她每隔五分钟就会站起身,悄悄靠近门口,贴着墙偷偷向前院里瞥一眼;不过,她没胆子再请求别人什么事了,她可不想惹得自己的儿子被人奚落嘲笑。她男人似乎比她还要畏畏缩缩,就一直待在原地一动不动;然而,每当他老婆心情沮丧、满脸失望地重新坐下,总能见到这男人不耐烦地埋怨她,不停地解释着部队接待总免不了遇上这样那样迫不得已的情况,他一边解释,一边打着一些不懂装懂、像白痴一样的手势。

我对此类的场景故事倒是好奇得很,这一连串无声而私密的小片段往往需要人去猜测眼睛看不到的一切，或是你走在马路上，这类与你擦肩而过的街头哑剧，可能仅以一举手、一投足就足以为你揭示一整出人生；至于这出戏里特别吸引我的一点，就是戏中人物的笨拙和天真，在我看来，追踪这幕引人入胜的家庭剧的种种曲折离奇，欣赏这两个炽天使撒拉弗①麾下的天才演员富有表现力而纯洁的演绎，可是让我体验到一种十足的心潮澎湃……

我想象着，这孩子母亲在某个天气晴朗的清晨嘀咕道："他让我烦透了，这个特罗胥②先生，他下的这劳什子禁止出兵营的军令，都害得我三个月没见到我儿子了……我好想抱抱我的宝贝儿。"

孩子父亲，为人缺乏果敢，行事素来畏头畏尾，一想到获得通行证要多方奔走，办各种手续，就惊慌失措，于是一开始打算讲道理说服母亲："可是，亲爱的，你不想想看，这个瓦雷里安山路途遥远……没有车，你打算怎么过

---

① 炽天使撒拉弗(Seraphin)是上品天神，最高品级天使，是光、火、爱的象征，代表着纯洁与爱，它唯一的使命就是歌颂神，展现神的爱。
② 路易·茹尔·特罗胥将军，1870年普法战争爆发后任巴黎要塞司令，在拿破仑三世当投降后，担任国防政府总统兼巴黎武装力量总司令，是巴黎保卫战法国军队的总指挥。

去呢？何况那里是军事要塞！是不准女人进入的。"

"我一定能进去。"母亲说道。由于这男人向来对老婆言听计从,所以他只好动身,跑防区,跑政府,跑参谋部,跑警察局,跑得冷汗涟涟,跑得四肢僵冷,他四处碰壁,找错对象,常常在某个办公室门口排了两个小时的队,进门才发现弄错了地方。终于,晚上他兜里揣着军区司令签署的通行证回家了……第二日,夫妻俩起了个大早,寒气逼人,天色乌黑。父亲随意吃了点东西果腹驱寒,但母亲觉得不饿,不想吃,她情愿到了地方和儿子一起吃饭。为了让那可怜的别动队战士能好好打个牙祭,他们匆匆忙忙往花绒布提包里塞了巴黎被包围封锁后家里能挖出的全部食物:巧克力、果酱、火漆封口的瓶装佳酿,甚至还有一听罐头,光这罐头就花了八法郎,是家里特意为大饥荒的日子预备的。一切就绪,老两口马上就动身了。等他们来到城门下,城门才刚打开。出城需要通行证。这会子倒是做母亲的感到害怕了……所幸无事!似乎一切都是合乎规定的。

"放他们通行!"执勤的军士说道。

她这才松了口气,说道:"这军官倒懂得礼数。"

然后她一路疾步快走,敏捷得像只小山鹑,想尽快赶到要塞。她男人差点跟不上她的速度。"你走得太快了,亲爱的!"

但她顾不上听他的。就在上面,瓦雷里安山在地平线喷薄的晨雾中召唤着她:"快点儿来吧……他在这里。"

可现在他们到达这里了,又有了新苦恼。

要是人家找不到他该怎么办!要是他不出来可怎么办!……

突然,我看到那女人身子一震,敲了敲老伴的手臂,一下子又蹦了起来……远远的,暗门岗哨的拱门下,她认出了那是儿子熟悉的脚步声。

是他!

他这一出现,让要塞的外墙立马熠熠生辉。

没错,的确是个高大英俊的帅小伙儿!身体倍儿棒,背着行军包,手里拿着枪……他朝着他们迎上前去,笑容满面,用欢快而阳刚的嗓音唤道:"你好,妈妈!"

顷刻间,什么行军包、行军毯、长步枪,统统消失在撑边大帽子里。接着父亲也得到了个拥抱,不过时间不长。母亲想独占儿子的全部,她可是抱不够的……

"你怎么样啊?……穿得暖和吗?……脏衣服呢?"

在大帽子那层层叠叠蜂窝状褶裥下面,我分明看到她深情专注的目光久久缱绻着她的儿子,从头到脚,将他密密包裹进这目光,还有如雨点一般落下的妈妈的吻和泪水；她想把这迟了三个月的母亲的爱意一股脑倒给儿子。父亲也很激动，但他不想流露出来。他意识到我们在关注着他，就朝着我们眨了眨眼，仿佛在说："原谅她吧……她是个女人。"

我会原谅她的！

一声军号突然响起，打破了这愉悦的气氛。

"吹集合号了……"男孩说道，"我得回去了。"

"怎么！你不和我们一起吃午饭吗？"

"不了！我不可以的……我要执勤24个小时，就在要塞的制高点上。"

"哦！"可怜的女人说道，她也说不出别的什么话了。

他们三人互相对视了一会儿，神情沮丧。然后还是父亲开了口："至少带上罐头吧。"他说这话时的嗓音让人揪心，表情既令人感动又有些滑稽，一副要把最喜爱的美食奉送出去的样子。可到了这与亲人告别、心潮激荡不能自已的时刻，居然找不到那见鬼的罐头了；看着他那双焦躁不安、颤颤巍巍的手东翻西找，摸来摸去，听着他含着泪水哽咽的嗓音反复叨咕："罐头！罐头到底在哪里！"此情此景真是令人欷歔不已。在巨大的苦难中夹杂进这段家庭小插曲并不会让人难为情……罐头还是找到了，最后长长地拥抱了一下后，那小伙子就飞奔回了要塞。

想象一下那两口子长途跋涉就为了和儿子一起吃顿午饭,想象一下他们原本打算好好庆祝一下,老母亲前一天整夜都没有合眼;告诉我你们有没有见过比这没有实现的聚会更令人心痛的事情,就好像隐约可见的天堂乐土的一角,却突然很快地闭合起来。

夫妻俩久久地站在原地,一动不动,眼睛依然紧紧盯着他们孩子身影消失的那道暗门。终于,那男人打起了精神,转过身,做出很勇敢的样子咳了两三声,用坚定的语气说道:

"走吧!孩子她妈,我们回去吧!"他说得很响,听上去很是兴致勃勃。接着他朝我们行了个礼告别,就扶起他夫人的胳膊……我目送着他们一直到大路的拐弯处。孩子父亲看上去很愤怒,他绝望地挥动着手里的布提包……孩子母亲则看上去更为平静。她自己走在一边,低着头,两手垂在身体两侧。但我觉得我看见她那窄削的双肩上旧披肩竟然不时地痉挛似的抖动。

阿尔勒①城的姑娘

想去村子的话,从我的磨坊下来,得经过一座建在大路旁的农舍,这农舍位于一个大庭院的深处,庭院里栽种着许多沙朴树。这是座地道的普罗旺斯农家宅院,红瓦褐墙,宽大的外墙面上大门和窗洞错落有致,屋顶贮藏谷物的阁楼上立着一个风信标,挂着一个供上下搬运稻谷垛用的大辘轳,还有几束冒出头来的金灿灿的干草……

为何这座房子会在我的记忆中留存如此强烈的印象?为何看到这扇紧闭的大门会让我的

---

① 法国城镇,位于罗纳河口省。

心揪成一团？原本我不该这样说，但这房子确实让我感到刺骨的寒意。屋子的四周过于寂静……即便有人打这里经过，也是犬吠不作，珠鸡一声不吭地跑开去……屋子里面同样悄无声息！静悄悄听不见一点动静，即便是骡子的铃铛声……若不是窗上挂着森白色窗帘布，屋顶上又有炊烟升起，别人定会以为这是栋无人居住的空屋。

昨天，冒着中午的毒日头，我从村子里回磨坊，为了避开日晒，我沿着农庄的墙根，走在沙朴树荫下……就在农舍门前的大路上，农场雇的几个沉默寡言的工人刚刚装满一大马车干草料……农庄的大门就这么开着。我从门前经过时，往门里扫了一眼，我看到院子的深处有一位满头尽是白发的高个子老人，正双肘支在一面宽大石桌上——大手捧着脑袋发呆，他穿着一件过于短小的外衫，裤子也破破烂烂……我停下了脚步。一个工人小声告诉我："嘘！那是农庄的主人，自打他儿子发生了那件不幸的事情后，他就变成这样子了。"正说着，一个女人带着一个小男孩，他们都穿着一身黑色的衣服，两人手里拿着厚重的烫金祈祷书，从我们身边经过，走进了农庄。

那工人继续解释说："……那是农庄女主人和她的小儿子，他们刚做完弥撒回来。自从那个孩子自寻短见之后，这两人就每天都去做弥撒……唉，先生哪，他们该有多伤心才会这样啊! ……孩子父亲依然穿着死去的儿子的衣裳;没有人有本事说服他把这衣裳脱下来……驾!吁!这头牲口!"

大马车左摇右摆,整装待发。我想了解这个故事的完整版本,便请求车夫能捎上我,让我坐在他近旁,于是我坐在高高的干草堆上,听他将这个令人伤心的故事娓娓道来……

他名字叫让,这个20岁的小伙子干起农活人人称赞,他像女孩子一样乖巧,身板强壮结实,面容坦率真诚。由于他模样十分英俊,女人们的目光总随着他转;可他心里只有一个人——是个阿尔勒城的小姑娘,成天穿着一身天鹅绒长裙,披着绣花边坎肩,打扮得十分俊俏,他在一次偶然的机会中与她邂逅在阿尔勒城的竞技场①……农舍里的众人起初对两人的恋情都不看好。他们都觉得这女孩风骚,爱卖弄风情,何况她父母也不是本地人。可是让不管不顾,千方百计要迎娶他的意中人。他常把这话挂在嘴边:"如果不让我娶她,我宁可死。"没办法,只能随了他的意了。家里决定秋收之后就把两人的婚事办了。

---

① 即古罗马遗迹,圆形竞技场。

一个礼拜天的晚上,全家人在农舍的大庭院里正要结束晚餐。这顿晚餐差不多就像一桌婚宴。尽管男孩的未婚妻没有出席,但大家纷纷举杯为她干杯……突然门口出现了一名男子,他声音颤抖着请求见埃斯泰夫老爷,说他有事情要告诉他,只告诉他一人。埃斯泰夫起身离桌,来到路口。

"老爷,"那男子对他说道,"您即将让您儿子娶的女人是个荡妇,她已经做了我两年的情妇。我说的这事儿,有信为证:这些都是我们的情书!……她父母对我们的事一清二楚,他们也允诺把她嫁给我;但是自打您儿子找上她,不管是她父母还是那女人都不要我了……我原本以为我们俩已经生米煮成熟饭,她绝不可能成为别人的妻子。"

"好,我知道了!"埃斯泰夫老爷看完信后对他说,"进来喝一杯麝香葡萄酒吧。"

那男子回答道:"谢谢您!不过我的悲伤太深,挨点渴算不得什么。"说完他就离开了。

男孩的父亲不动声色地回到酒席,他坐到餐桌边之前所做的座位,晚宴在愉快的气氛中结束了……

当天夜里,埃斯泰夫老爷带着他儿子一同去了田野里。他们在外面待了很长时间。当他们回到家的时候,母亲还在等这父子俩。

"老伴,"一家之主把儿子领到她面前,"抱抱他吧!这孩子运气太差了⋯⋯"

让嘴上再也不提那位阿尔勒城的姑娘了。可他的心依然爱着她,自从别人告诉他这女子曾经投入另一个男人的怀抱,他的爱意反倒更加强烈了。但他是一个多么骄傲的人,他什么都不愿与别人说;正是这点杀死了他,这可怜的孩子!⋯⋯有时候,他会连着几个大白天都一个人缩在某个角落里动也不动。其他时候,他会疯了似的在地里干农活,一个人完成的工作能抵上十个短工⋯⋯每当夜幕来临,他会走上通向阿尔勒城的大路,一直往前走,直到看见城内细长的钟楼映在夕阳的余晖中。之后,他就走上归途,从来不曾多向前走一步。

看到他这副样子,永远那么忧郁,那么孤独,农舍里的人都不知该怎么办才好。他们担心会有不幸降临⋯⋯有一次,在饭桌上,母亲注视着他,不禁潸然泪下,她说道:"这样吧,听着,让,如果你还是想娶她,我们就让你娶⋯⋯"

而父亲则羞愧得满脸通红,他低下了头⋯⋯

让做了个否定的手势,然后他出门了⋯⋯

从这天之后,他换了一种生活方式,假装成天乐呵呵的样子,为的是让父母安心。人们看到他去泡舞会,去光顾小酒馆,去参加火印节①。甚至在丰维耶城的投票日,也是他领着大家跳起了法兰多拉舞。

老父亲说:"他恢复过来了。"但母亲仍满心恐惧,甚至对这孩子的关切更胜以往……让与弟弟睡一间屋子,紧贴着养蚕房,可怜的老母亲就在隔壁这蚕房里搭了一张便床……借口这些蚕宝宝夜里可能需要她的照顾。

圣埃洛瓦②节来到了,圣埃洛瓦是农庄的主保圣人。

于是农舍里洋溢着喜悦的气氛……人人都有份来上一杯教皇新堡酒,烧酒则多得像雨水一样随便喝。接着人们到打谷场上放鞭炮,放焰火,朴树上挂满了各色花灯……圣埃洛瓦万岁!人们又开始跳法兰多拉舞,跳得筋疲力尽。农庄主人家的小儿子把新罩衣给烧坏了……让看上去也很快乐;他向母亲邀舞,可怜的老妇人幸福得泪流满面。

午夜 12 点,众人都去睡了。谁都需要睡眠……可让却没有睡。小弟弟后来回忆说哥哥整夜都在抽泣……唉!我得和您说,这男孩儿在这段感情里陷得太深

---

① 普罗旺斯地区的民族节日,给牛马等烫火印。
② 圣埃洛瓦是用锤子劳作的工匠、金银匠等(包括农夫、农庄雇工、农庄主人)的主保圣人。

了……

第二天拂晓,母亲听到有人跑着穿过她睡觉的养蚕房。她突然有了不好的预感:"让,是你吗?"让没有回答,他已经爬上了楼梯。母亲顾不上其他,迅速起身:"让,你去哪里?"他爬上了阁楼;母亲紧跟其后:"我的儿啊,看在老天的分上!"可是他反手关上了门,顶上了门闩。

"让,我的小雅内①,回我的话呀。你打算干什么呀?"她那双苍老的手颤抖着,摸索着,她在找着门闩……一扇窗户打开了,接着听见一个物体坠落在庭院石板路上发出的撞击声,一切都结束了……

弥留的让还在自言自语,这可怜的孩子:"我太爱她了……我要走了……"啊!我们都是些可怜卑微却情感丰富的小人物!可是鄙视无法扼杀真爱,这点却又让我始料未及……

这天早晨,村子里的人纷纷打听,埃斯泰夫老爷的农舍那边,是谁的喊声如此凄厉……

就在他家的庭院里,那张铺满冬露和鲜血的石桌边,母亲光着身子悲戚地哭着,她的怀抱里是已经死去的儿子。

---

① 让的昵称。

老两口

"这是一封信吧,阿臧老爹?""是的,先生……这封信是从巴黎寄来的。"

正直老实的阿臧老爹十分自豪这封信来自巴黎……我可不。我总有种感觉,这封寄自让-雅克大街的巴黎来信,毫无征兆地突然出现在我案头,而且是一大清早,定然会让我浪费掉一整天。果不其然,您不妨读读这信:

> 你得帮我个忙,我的朋友。把你的磨坊关门一天,立刻赶到埃尼埃尔①去……

埃尼埃尔是个距离你家三四里路的大

---

① 法国城镇,位于罗纳河口省。

城镇——就当去那儿散个步呗。到了那里,你找人问一下孤女修道院在哪里。修道院后面的第一栋房子,是栋灰色百叶窗的矮屋子,屋后有座小花园。你用不着敲门,直接进去——屋门一直都开着——进去的时候,你要喊得很大声:"你们好,正直的人们!我是莫里斯的朋友……"然后,你就会看到两个小个子老人,噢!他们可是很老很老,老极了的两个人儿哦,他们会从宽大的沙发椅里向你伸出双臂,这时候,你就代我拥抱他们,抱的时候记得要全心全意哦,就好像他们是你的亲人。接着你们就聊天;他们会对你谈论我,除了我还是我;他们将会给你讲述无数的蠢事儿,你就听着,但不准笑……记住不许笑,知道吗?……他们是我的祖父母,这两位,我是他们在世上唯一的亲人,而他们也有十年没有见到我了……十个年头啊,可算得上漫长的时光了!不过你又能让我怎么办呢?我这边,巴黎让我俗务缠身;而他们呢,则年龄大了……他们那么老,如果他们跑到巴黎来看我,一定会在半路上摔断骨头……幸亏你在那里啊,我亲爱的磨坊主,让那老两口抱抱你,这俩可怜的老人一定会感觉到是在抱我……我经常对他们谈起我们之间的事和这段美好的友谊……

见鬼去吧,这劳什子的友谊!恰好这天早晨天气宜人,这样的好天气浪费在赶路上着实不值得:密斯特拉风阵阵袭人,阳光灿烂明媚,真是普罗旺斯才有的好天气。当这封见鬼的劳什子信被递到我手上的时候,我已经早早地在两块岩石中间挑出一个可以晒太阳的背风场所,打算学习蜥蜴在那儿窝上一整天,晒晒太阳,听听松林歌……算了,还能怎么办呢?我只好一边低声抱怨,一边锁上了磨坊大门,把钥匙塞进了猫洞,拿上手杖,叼上烟斗,立马动身。

快下午两点的时候,我到达了埃尼埃尔镇。镇上空无一人,所有人都下田干活去了。两侧林荫大道白蒙蒙满是灰尘的榆树上,蝉鸣声声,就好像在克罗①平原中大声放歌。镇公所的广场上倒是正有一只小毛驴晒着太阳,镇教堂前的喷水池边也正溜达着一群鸽子;不过甭指望它们能告诉我孤女修道院的所在。幸运的是一个心地善良的老仙女突然现身帮助我,她正蹲在自家门前的角落里纺着纱线;我对她说我正在寻找这个地方,这老仙女果然神力惊人,只见她把手中的纺锤杆一挥,孤女修道院立刻神奇地矗立在我眼前……这是一栋阴森森、黑黢黢的大房子,拱门尖顶上方傲气十足地立着年代久远的红

---

① 法国罗纳河入海口东边的平原。

砂岩十字架,周围还有一圈拉丁文。在这大房子的旁边还有一幢小一些的房子。灰色的百叶窗、屋后的小花园……我立刻认出了这幢房子,于是没有敲门直接走了进去。

我恐怕今生今世都还能记得这道清凉、静谧的长廊,两边的高墙涂成了玫红色,透过亮色遮帘,小花园就在走廊尽头微微颤动,护墙板上的图案是褪了色的鲜花和小提琴。我仿佛落入了塞代纳①生活的那个时代,进入了某位为领主执法的老年大法官的府邸……走廊尽头,左边有一扇门虚掩着,可以听见一座大钟的嘀嗒声和一个小孩子的声音,不过是个正在学习认字的孩子,就听她一字一顿地朗读着:"于—是—圣—依—雷—内—对—耶—稣—大—声—喊—道—我—是—上—帝—的—小—麦—须—让—我—被—这—诸—类—动—物—的—牙—齿—磨—碎"……我蹑手蹑脚走到门边,朝里面看。

在这间安静且光线朦胧的小房间里,一位脸颊红润、面容慈祥、就连手指头都布满皱纹的老人,正靠在沙发椅里睡着了,他的嘴巴张着,两只手搭在膝盖上。他的脚边是一个一身蓝衣的小女孩——蓝色的修女袍、蓝色的修

---

① 塞代纳(1719—1797),法国诗剧作家。

女帽,典型的孤女院打扮——她正读着一本比她个头还要大的书,里面是关于圣人依雷内的故事……小女孩的朗读声在整间屋子里产生了奇妙的效果:老人在沙发椅里睡着了;苍蝇钉在了天花板上;金丝雀都在窗边的鸟笼里休憩;只听到大挂钟隆隆的鼾声,嘀嗒,嘀嗒。整个屋子里唯一醒着的,恐怕只有从关闭的百叶窗缝隙里直直照进来的那一大束明晃晃的白光,屋内满是跳跃的光芒和那光芒舞出的华尔兹……在这令人昏昏欲睡的气氛中,小女孩依旧一本正经地继续朗读着:"突—然—两—只—狮—子—迅—速—冲—向—了—他—把—他——口—吞—了—下—去"……这时候,我走了进去……就算圣依雷内的狮子扑进房间,恐怕也没有我造成的惊慌厉害。真是戏剧性的变化!小姑娘发出一声惊呼,手中的大书落在地上,金丝雀和苍蝇都被惊醒了,大挂钟报时,老人蓦然起身,惊慌失措,而我自己则局促不安的在门槛上止住脚步,叫得非常大声:"你们好,正直的人们!我是莫里斯的朋友。"

噢!要是您看见他,看见这位可怜的老人家就好了,要是您看见他怎样张开双臂走到我跟前就好了,他拥抱着我,握住我的手,在房间迷失方向似的左转右转,一个劲地说着:"我的上帝!我的上帝!……"他满脸的褶子都笑开了花,脸涨得通红。他结结巴巴地说道:"啊!先生……啊!先生……"接着他朝着屋子里间方向走过去,一边呼唤着:"玛麦塔!"

一扇门打开,走廊里响起一阵细碎的脚步声……玛麦塔来了。她看上去漂亮极了,这个子矮小的老太太头戴缀着两个蛋壳形圆球的包头软帽,身着淡褐色长裙,手里捏着绣花手绢,依旧时的时髦法子和我打招呼致意……多令人感动的一幕!这老两口真像。只要穿上这身衣服,戴上黄蛋壳软帽,他也就成了活脱脱一个玛麦塔。只不过真正的玛麦塔这辈子大约泪水流多了,所以皱纹比她老伴儿来得厉害。和她老伴儿一样,她身边也陪着孤女修道院的小姑娘,身着蓝色修女服的小看护,在她身边如影随形:这老两口让这些修道院的小孤女们照顾得那么周全,这是我所能想象得到的最感人至深的一幕了。

玛麦塔进屋后,先要给我行屈膝礼,但老爷子的一句话让她的动作顿了一下:"他是莫里斯的朋友……"老妇人立刻全身颤抖,老泪纵横,手帕也掉到了地上。她满脸通红,比老爷子还要红……这老两口啊!仿佛他们的血管里只有一滴血,但稍稍激动也能让这血色出现在他们的脸上……"快点,快点,拿把椅子……"老妇人对着身边的小女孩吩咐道。"打开百叶窗吧……"老爷子也对着旁边的小姑娘喊道。然后他们一人架着我的一只手,带着我快步来到窗前,窗户开得很大,只为了能仔细端详我。沙发椅被移到了窗台附近,我则坐在两人之间的帆布折凳上,那两个身穿蓝衣服的小姑娘就在我们身后,接着大拷问开始了:"他还好吗?他在做什么?为什么他不来?他过得开心吗?……"林林总总,啰啰嗦嗦,就这样折腾了许多个小时。

而我呢,则竭尽所能地回答好他们提出的所有问题,对于我所知道的我朋友的事情,我就把所有细枝末节都一股脑儿倒出来,对于我不知道的,我也厚着脸皮瞎编滥造,诸如,我绝对不会承认自己不曾注意过他的窗户是否关得严实,又或者承认自己不清楚他卧室的墙纸是什么颜色,不过我会注意尽量避开某些问题。

"他卧室的墙纸啊!……是蓝色的,夫人,明快的浅蓝色,上面有花叶边饰……"

"真的吗?"可怜的老太太一副很受触动的样子道,她转过头又对她丈夫说道:"真是个实诚的孩子!"

"是啊,多实诚的孩子!"老爷子也欣喜地重复道。只要是我说话的时候,他们时而耸耸肩膀,时而会心一笑,时而眨眨眼睛,时而神情狡黠,甚至老爷子会凑近对我说:"说响点儿……她耳朵不灵光。"而她这边也会说:"请声音高点！……他听不太清……"于是我听从建议提高了嗓门；老两口都以一个微笑感谢我；他们透过这投向我的淡淡微笑，希望从我眼睛里寻找属于他们的莫里斯的影子，而我呢，则万分欣喜可以找到这隐隐约约、含糊不清、几乎令人难以捕捉的影子，就好像看到我的朋友莫里斯，在远处的迷雾中对我微笑。

突然老爷子在他的沙发椅上直起身子："我才想到这事，玛麦塔……他可能还没吃饭！"

玛麦塔惊慌失措，她双臂朝空中一挥："居然还没吃饭！……我的老天！"

我还以为他们还在说莫里斯，我正要回答说，这个实诚的孩子从来不会过了中午 12 点还不吃饭。可是并非如此，他们口中的他竟然真的是我。要知道当我承认自己确实还饿着肚子的时候，那场面怎一个混乱了得："姑娘们，快点摆餐具！把餐桌放屋子中央，铺上节日用的桌布，摆上花纹盘子。请你们不要笑成这副样子，抓紧时间了……"我觉得她们一定是很抓紧时间了，刚打碎了三个盘子的工夫，饭就准备就绪了。

"多丰盛的一餐啊！"玛麦塔一边对我说着一边把我引到餐桌上，"只不过您得独享了……我们大家早上都吃过了。"

这可怜的老两口！不论什么时候问他们，他们总是回答早上吃过了。

玛麦塔口中丰盛的早餐就是一丁点儿牛奶、几颗椰枣和一块有点像松糕的小艇蛋糕；这是足够她和她的金丝雀们吃上一整周的口粮吧……可她却说让我一个人独自把这所有的食物都扫光！……桌子周围多少双愤怒的眼睛看着我！蓝衣服小女孩一边窃窃私语一边用肘子互相戳来戳去，而那边鸟笼深处，金丝雀们似乎在说："哦！这先生把小艇蛋糕全都吃完了！"

我确实把它全都吃完了，几乎没怎么留神就一口不剩了，我的全部注意力都花在打量这间敞亮、安静、弥漫着古董气味的房间上了……房间里的两张小床让我尤其挪不开眼。这两张床像是两个摇篮，我可以想象这样的情景，每天早晨，天蒙蒙亮，两张小床上依旧覆盖着流苏床罩。大钟敲响了三点。所有老人都会在这时候从睡梦中醒来："你还睡着吗，玛麦塔？""醒了，亲爱的。""莫里斯还是个实诚的孩子吗？""噢，当然，他是个实诚的孩子。"

我能想象出这段谈话，不过是因为看到这老两口的两张小床紧挨着……

正在这时，让人十分吃不消的一幕正在房间的另一头衣橱那边上演。主要是衣橱上头最高的一层隔板上有一个大口瓶,里头盛着樱桃烧酒,这酒已经为莫里斯存了十年,眼下打算为我打开。尽管玛麦塔一个劲恳求,老爷子仍固执己见,要亲自去取下樱桃酒;于是在他妻子的惶恐不安中,他爬上了一把椅子,试图去拿那瓶子……您看到的是这样一幅画面:老爷子颤颤巍巍爬到了椅子上,两个蓝衣服小姑娘紧紧抓住椅子,他们身后玛麦塔一个劲地喘气,她伸出双臂,然后一股香柠的轻盈芬芳从打开的衣橱和那一大叠橙红色的衣物里散发了出来……香气沁人心脾。

终于,几经努力,这非同一般的酒瓶还是从衣橱里拿了下来,还有一个精雕细琢的纯银无脚杯,这杯子莫里斯小时候用过。老爷子为我斟上了满满一杯樱桃酒;莫里斯以前爱极了这樱桃酒!一边为我斟酒,老爷子一边凑到我耳边,垂涎三尺地说道:"您运气真好,能喝上这酒!……这可是我妻子酿的呢……您品尝到的可是样好东西呢。"

唉,他妻子是酿了这酒,她却忘了放糖了。可又能怎样呢?人一老就会忘东忘西。您的樱桃酒滋味可真不怎么样啊,我可怜的玛麦塔……虽说如此,却不妨碍我将这酒一饮而尽,连眉毛都不皱一下。

饭吃完了,我起身向主人们告辞。他们本是很想多挽留我一会儿,让我跟他们多谈谈他们的那个实诚的孩子,但天色不早了,磨坊又离得远,我必须得走了。

老爷子与我同时站了起来:"玛麦塔,把我外衣拿来!……我要把他送到广场那里。"当然在玛麦塔心里肯定会反对他这会儿送我去广场,毕竟外头有点太凉了。但她没说,只是在帮她老伴儿穿衣服——一件漂亮的西班牙款式棕褐色上衣,上面缀着珍珠质纽扣——给他套上袖子的时候,就听见这亲切的妇人温柔地对着丈夫低语:"你不会回来得太晚吧,对不对?"而她丈夫则带着调皮的神情说道:"嘿!嘿!……我不知道呢……也许吧……"此话说罢,他们俩对视着大笑,两个蓝衣服小姑娘看见他们笑便也笑开了,金丝雀们也在自己的地盘上以自己的方式在笑吧……我觉得樱桃酒的气息可能让他们都有些微醺。

……夜色渐浓中,我与老祖父走出屋子。一个蓝衣服小姑娘在后面远远地跟着我们,她准备把他送回家;但老爷子不去看这小姑娘,他很自豪可以像个男子汉那样挽着我的手迈步走。玛麦塔在门口满脸幸福地望着我们,一边看还一边优雅地摇摇头,仿佛在说:"我可怜的老伴!……他依然还能够走路呢。"

最后一课

——一个阿尔萨斯小孩讲述的故事

那天早晨,我上学去得非常晚,十分怕挨先生训,更何况韩麦乐先生说过会考我们分词,我可是一个词儿都答不上来。一时间我萌发了逃课的念头,打算去田野里跑跑。

天气好暖和,天空好明朗!

小树林畔,百舌鸟①的鸣啭之声不绝于耳,而里贝尔草地上,就在锯木厂后面,普鲁士士兵正在那里操练。比起分词使用规则,这一切对

---

① 乌鸫鸟的别称。

我的吸引力可要大得多,不过我还是经受住了诱惑,疾步向学校跑去。

我路过村公所的时候,看见张贴布告的铁丝栏前许多人驻足围观。两年来所有的坏消息都是从那里传出来的,像什么吃败仗啦,征调人员物资啦,普鲁士军队司令部①下达什么命令啦。我没有停下脚步,只是暗自寻思着:"是不是又出什么事儿了?"

铁匠瓦施泰也带着他的小学徒挤在这堆人里,正看着布告,见我一路小跑穿过广场,他冲我喊道:"你不用赶得这么急呀,小家伙,你不是一向到学校都挺早的嘛!"

我觉得他这话是在拿我开涮;我跑得上气不接下气,总算踏进了韩麦乐先生的小院子。

平日里,教室里刚一开始上课,总会有一阵大声的喧闹,声音响得能传到街面上。课桌开开关关的声音、大家大声反复诵读课文的声音,所有人的声音都汇集到一处,人人都捂上各自的耳朵,生怕受别人影响背不下课文,还有先生的大戒尺敲得课桌啪啪作响:"安静一点!"

我本来打算趁着一片乱哄哄,不被人注意地偷偷溜到座位上;却不想,那一日,偏偏院子里静悄悄的,安静得

---

① 这里指普鲁士本土或者被普鲁士军队占领地区的军事指挥机关。

跟礼拜天早晨似的。我从打开的窗户望进去,看到班上的同学都已经整整齐齐地坐在了自己的座位上,韩麦乐先生则腋下夹着那把吓人的戒尺,不停地来来回回踱着步。我不得不推开教室门,在一片静寂中硬着头皮走进教室。你们可以想象一下,我当时脸有多红,心里有多害怕!

可是,居然没事!韩麦乐先生心平气和地看了我一眼,然后语气温和地对我说:"快点回到自己的位子上吧,我的小法朗士,我们正打算不等你,开始上课了。"

我抬脚跨过板凳,赶紧坐到了课桌前。只惊魂稍定,我就注意到我们的先生今天穿上了他那件漂亮极了的绿色礼服,领口系着褶皱细致的前襟装饰,头上戴着他那顶绣花黑丝无边小圆帽,这样一身,只有在上面派人视察工作或者授奖仪式这类场合才能见到。此外,整个教室弥漫着一种有别于以往的庄严气氛。而让我最为吃惊的,则是看到教室的最后几排,那些往日里空荡荡的板凳上,如我们一般鸦雀无声地坐着好些村子里的人,有戴着三角帽的乌叟老爷子,有以前的老村长,有以前的老邮差,还有些其他人。每个人看上去都神情忧伤;乌叟还带来了一本边角都磨损了的破识字读本,摊开放在膝头,他那副硕大的眼镜就横放在翻开的书页上。

就在我对此情此景惊诧莫名的时候,韩麦乐先生已经登上了讲台,用刚才和我说话时一样既温和又严肃的口吻对我们说:"我的孩子们,这是我最后一次给你们上课了。柏林的命令已经到了,阿尔萨斯和洛林①的学校,从今以后只允许教授德语……新先生明天就到。今天,是你们的最后一堂法语课。我请大家多多用心。"

寥寥数语让我一下子晕头转向。啊!那些可恶的家伙,原来他们张贴在村公所门前的就是这个消息。

我的最后一堂法语课!……

可我才刚刚学会写字!我从此再也学不到法语了!我的法语就这么完了!我从没有像现在这样懊悔自己虚度光阴,悔恨自己以前那么多次逃课,只为了去掏鸟窝,去萨尔②河冰面上滑冰!刚才在我看来还那么无趣,背着又嫌重的这些课本,我的语法书,我的圣人历史书,现在都像是我的老朋友一样,让我难以割舍。一如韩麦乐先生,我一想到他就要离开,从此再也见不到,就把过去所受过的那些惩罚、挨过的戒尺统统抛到了脑后。

这个可怜的人!他之所以这身节日才有的漂亮打

---

① 法国两个邻近德国的地区,普法战争失利后割让给德国,后回归。
② 法语为 Sarre,德语为 Saar。原文中为德语。

扮,就是为了纪念这最后一课。而且,现在,我也明白了,村里的老人们为什么会坐在教室后排。这就好像在告诉大家,他们十分遗憾过去不曾时常到学校里来。他们也像是用这种方式来向我们的先生表达谢意,感谢他40载辛勤教学,并向正在渐行渐远的祖国致以他们崇高的敬意……

我正沉浸在思绪中,忽然听见喊我的名字。轮到我背诵了。唉,倘若我能声音响亮、条理清晰地把这出了名难记的分词规则从头到尾、一字不错地说出来,让我付出任何代价我都心甘情愿。可是才开了个头,我就把自己绕糊涂了,只好站在板凳前左右不定,伤心极了,头也不敢抬起来。我听见韩麦乐先生对我说:

"我就不责备你了,我的小法朗士,你应该够自责的了……其实都是这样的。每天大家一定这么寻思:唔!时间多得很,等到明天再学也来得及。然后,你看,等来的是什么……唉!这就是我们阿尔萨斯人的莫大悲哀啊,总是把教育拖到明天。现在让那些人对着我们有话说了:怎么?你们还声称自己是法国人呢,居然连自己的语言都不会说不会写!……至于这一切,我可怜的法朗士,主要过错不在你。我们每个人都有自我批评的份。

"你们的爹妈让你们接受教育的心不够坚决。为了多挣几个钱,他们情愿把你们从书桌前拉到田里或者纺纱厂去干活。而我呢,难道我的举止就如此无可指摘么?我不也经常让你们把学习放一边,帮我给花园里的花草浇水?每当我打算去钓鳟鱼,不也毫不介意就给你们放掉几节课?……"

就这样,韩麦乐先生从一件又一件事谈开了去,谈到了法语这门语言。他说法语是世界上最美的语言,最清晰明了,最严谨精确;他又说我们必须自己记牢这门语言,永远不能忘记,因为一个沦为亡国奴的民族,只要牢牢记住自己的语言,就像握着一把开启监狱之门的钥匙①……说罢,他打开语法课本,给我们讲起了语法。我很奇怪,今天的讲课内容,我居然都听懂了。他讲的每一点在我看来都非常容易,非常容易。我觉得也有可能是自己从来不曾如此认真地听课,而先生也不曾如此耐心地讲解。我们有种感觉,这个可怜的人,在离职之前,恨不得把所有会的东西全部倒给我们,一股脑儿塞进我们的脑子里。

语法课讲完了,我们又上习字课。这一天,韩麦乐先

---

① 出自诗人米斯特拉尔"只有他记住自己的语言,他就握着打开枷锁解放自己的钥匙。"

生为我们准备了许多崭新的练字卡,卡片上用漂亮的圆体字写着:"法兰西"、"阿尔萨斯"、"阿尔萨斯"、"法兰西"。这许多练字卡悬在我们课桌的小杆子上,就好像教室里飘扬起无数面小旗子。每个人都那么全神贯注,教室里如此安静! 只听见笔尖落在纸上的沙沙声。突然几只六月金龟虫懵懵懂懂地撞进了教室,可是没有人走神,哪怕是年龄最小的孩子,每个人都把全部的心思专注在划直杠上,就好像这些杠杠也是法语一样……学校的屋顶上,一群鸽子低声地咕咕叫着,听着它们的叫声,我暗自想着:"他们总不至于强迫鸽子也用德语歌唱吧?"

每当我的视线从练字本上抬起,就看见韩麦乐先生在讲台上一动不动,注视着四周的东西,就好像他打算把学校的这间小教室整个打包装进视线带走……想想看,40年如一日,他一直在这儿,在同一个位置,对面屋外是他的小院子,他的教室也从未变过。唯一改变的,是板凳、课桌用了这许多年,被磨得光滑,擦得锃亮;院子里那些胡桃树长得高高大大,他亲手栽下的蛇麻草①藤蔓也已经盘绕着窗户,爬上了屋檐。而如今这个可怜人不得不割舍下眼前这一切,这该有多么令人心碎神伤? 更不

---

① 俗称啤酒花,一种多年生草本蔓性植物。

用说，还可以听见此时他妹妹在楼上房间里来回走动，收拾着行李箱子！他们第二天就要走了，永远离开这个地方！

尽管如此，他还是鼓足勇气坚持把今天的课上完。习字课之后，我们又上了堂历史课。接着最小的孩子们又齐声吟唱起了 ba,be,bi,bo,bu，学习拼读。在教室后排坐着的乌叟老爷子戴上了眼镜，两手捧着他那本初级识字课本，也和孩子们一起一个字一个字学习拼读。可以看到他也很专心。激动的心情让他的声音发抖，那怪腔怪调听上去很滑稽，惹得我们既想笑又想哭。唉！我永远都不会忘记这最后一课……

忽然教堂的大钟鸣响了正午 12 点，随后是午间的三钟经①祈祷。与此同时，教室窗外响起了普鲁士士兵收操回营的军号声……韩麦乐先生脸色苍白地站起身，立在讲台上。我觉得他看上去从未如现在这般高大。

"我的朋友们，"他说，"我的朋友们，我……我……"

似乎有什么堵噎了他的喉咙，让他无法继续说下去。于是他转过身朝向黑板，握起一截粉笔，用尽全身气

---

① Angélus 原意为天使，为记述圣母领报及基督降生的天主教经文，类似日课，一天念诵三次，为上午 6 时，中午 12 时和下午 6 时，并鸣钟提醒。

力,在黑板上写下尽可能大的几个字:"法兰西万岁!"

然后,他就停下不动了,额头靠在墙壁上,一句话也不说,只是朝我们挥了下手,似乎在说:"课结束了……你们离开吧。"

两间客栈

那是一个7月的午后,我从尼姆城返回的半路上,酷热难耐。一眼望不到边的大马路白得晃眼,每一寸土地都吐着火舌,这卧在橄榄园和小橡树林之间的道路上尘埃飞扬,当空太阳像一个未经磨光的硕大银盘,正炙烤着万里无云的天空。没有半点树荫,更没有一缕清风。仅余燥热的空气在浮动,树上的蝉鸣尖锐刺耳,奏起一支癫狂、急迫且震耳欲聋的乐曲,就好像是这万丈光芒的震颤本身所拥有的激越音色……我已经在空无一人的大路上走了两个小时,突然就在前方,出现了一排白色的小房子,摆脱了滚滚尘埃的遮挡,呈现在我眼前。这里就是人们口中称作圣文森驿站的地方:五六座农舍连着红瓦白墙的长谷仓,一大片果实稀疏的无花果树丛下是一道干涸无水的饮水槽。驿站尽头,有两间大客栈,面对面地矗立在道路两侧。

这两间客栈紧挨着,却有着一种极其强烈的反差。一边是幢新起的高大建筑,生气勃勃,热闹非凡,所有大门都敞开着迎客,门前停着一辆公共马车,热气腾腾冒着汗的驿马已经被卸下了辔头,马车上下来的乘客就躲在覆着矮短墙荫的道路旁,匆匆忙忙喝上几口酒;客栈庭院里挤满了骡马车辆;运货的马车夫躺在棚子底下休息,候着近夜时分的习习凉风。客栈大厅里充斥着尖叫声、咒骂声、拳头击打桌面的声音、杯觥交错的声音、台球桌上的撞球声、拔柠檬汽水盖的声音,然而一个愉悦、清亮的嗓音盖过了一切喧嚣,这声音吟唱着歌谣,震得玻璃窗摇摇欲坠:

漂亮姑娘玛葛容,
天刚微亮起匆匆。
银壶在手出了屋,
汲水溪边步如风。

……而对面的客栈则恰恰相反,冷冷清清,仿佛遭人遗弃。大门前杂草丛生,百叶窗已折裂损坏,门上悬着一小段早已枯败发黄的冬青枝,仿佛一件老旧的羽饰,门前的台阶已不平稳,垫着几块从公路上挪来的石块……眼前的一切如此贫苦,如此可怜,倒使得停步进去喝上一杯成了怜悯之举。

一进大门,只见客栈狭长的大堂空空荡荡,阴郁沉闷,太阳耀目的光芒从三扇没有窗帘的大窗户射进来,衬得大堂更加阴郁,更加空旷。大堂里有几张桌脚不齐的桌子,桌子上零乱地摆放着几个积了层灰、暗淡无光的玻璃杯,有一张开裂的台球桌,四角的球袋空空如也,就好像乞丐手中的木钵,大厅里还有一张发黄的长沙发,一个陈旧的柜台,所有的一切都在这致病的浓浊空气中昏昏欲睡。苍蝇!全都是苍蝇!我从未见过这么多苍蝇:聚在天花板上,贴在窗玻璃上,歇在长脚杯里,一团团密密麻麻……我推门的时候,只听见一阵嗡嗡声,一阵翅翼颤动的声音,还以为是走进了一间蜂房。

大堂尽头,一扇窗户的窗格前,一个妇人紧贴窗玻璃站着,全神贯注地盯着窗外。我连着唤了她两声:"嗨!老板娘!"她才慢悠悠转过身,我的眼前出现了一张农村妇人历尽沧桑的面孔,满脸皱纹,皮肤皴裂,面色暗沉,像我们这里所有的老太太一样,头上包着一种带着花边长饰带的帽子,帽缘紧贴脸庞。可她事实上并不算是个老妇,只是满脸悲伤的泪水让她整个人都憔悴了。

"您想要什么?"她一边擦拭泪水,一边问我道。

"坐上片刻,随便喝点酒……"

她吃惊地瞧着我,没有挪动步子的意思,就好像听不懂我说的话。

"这里难道不是一间客栈?"

那妇人叹了口气,说道:"也是……若您定要这么说也对,这儿的确是客栈……可是为何您不和其他人一样去对面那家呢?那儿的氛围多喜气……"

"那种喜气不适合我……我情愿选择您这里。"然后,我不等她回应,就拣了张桌子坐下来。

当老板娘意识到我没有开玩笑,这才忙活起来,她跑来跑去,又开抽屉,又搬酒瓶,一边擦拭酒杯,一边驱赶苍蝇……让人感觉招待这位旅人是一件郑重其事的大事。这可怜的妇人不时会停下手中的活计,一阵失神烦躁,仿佛是没信心能把这事坚持到底。

接着她走进了里头的房间;我听见大串钥匙抖动的声音、开锁的声音、在存面包的木箱里翻东西的声音,然后是吹气,掸灰,洗盘子。时不时,冒出一声哀叹,或是一声难抑的抽泣……

就这样转来转去忙活了一刻钟,我面前摆上了一碟帕斯利尔麝香葡萄①、一块像岩石那样硬邦邦的博凯尔老面包,还有一瓶皮克特酸葡萄酒②。"给您上齐了,请用。"这奇怪的女人说完,又立刻转身,回到了窗前她先前待的位置。

我一边喝着酒,一边引这妇人交谈:"您这儿客人不怎么多吧,可怜的老板娘?"

"噢,是啊,先生,这里一直都没客人来……以前这地区只有我们一家开客栈时,情形可大不一样啊:那时跑长途的旅人中途会在我们这里停歇,海番鸭狩猎的季节猎人们都来用餐,一年四季都是车水马龙,迎来送往……可自打我们的邻居来这里开客栈,我们的生意就被他们抢光了……客人都喜欢去对面。他们觉得我们家氛围太沉重……事实也确实如此,屋子布置得不够漂亮。我长得不美丽,还一直害着疟疾,我两个小女儿都死了……那家和我们正好相反,成天欢声笑语。那家掌柜是位阿尔勒姑娘,是个披着绣花边披肩,颈上挂着三圈金十字项链的美丽女子。公共马车的车夫是她的情人,每个礼拜天都会把马车上的人赶到她那里去。除此之外,客栈里还有

---

① 一种用来酿造干白葡萄酒的葡萄种类,颗粒较小,主要种植在法国南部地中海沿岸地区。这里指的是这种葡萄制成的葡萄干。
② 一种自制的酒精浓度较低的葡萄酒,口味较酸,属于劣等葡萄酒。

一群惯会哄骗客人的女招待……所以,客人全部都被拐过去了!伯祖克①、雷代桑②、容基埃③的年轻人全都去光顾她的客栈。运货马车的车夫们宁可绕道都要在她的客栈里歇歇脚……而我呢,只能成天在这里发呆,店里无人光顾,生命在这里虚耗。"

她用一种漫不经心、无动于衷的语气述说着一切,额头一如既往地紧贴着窗玻璃。显而易见,对面那间客栈里有什么东西吸引着她的注意力,让她牵挂……

突然,马路的另一侧掀起一阵骚动。公共马车出发了,夹带着滚滚沙土,绝尘而去。只听见马鞭声大作,马车夫的号角声鸣起,还有跑到门边不住大喊的姑娘们:"别了④!别了!"正在此时,刚才那个美丽的嗓音再次响起,压过一切嘈杂,唱得更欢了:

　　银壶在手出了屋,
　　汲水溪边步如风。
　　未几忽闻声渐近,
　　三名骑士已相逢。

----

① 法国加尔省的一个市镇。
② 法国加尔省的一个市镇。
③ 法国普罗旺斯-阿尔卑斯-蓝色海岸大区沃克吕兹省的一个市镇。
④ 原文为普罗旺斯土话的"再见"。

……一听到这歌声,那老板娘便浑身颤抖,然后她转过身对我说:"您听见没有?"她轻轻地告诉我:"那是我丈夫……他唱得还挺好听的,不是么?"

　　我惊呆了,看着她说道:"怎么? 是您丈夫! ……他怎么也去了那家客栈?"

　　此时的她,看上去非常难过,却用温柔至极的声音说道:"您又能怎样呢,先生? 男人都是这个样子的,他们不喜欢见人流泪;而我自打两个小女儿死后,就常常以泪洗面……而且,这间破破烂烂的大堂里从没有一个客人光临,又是如此让人悲苦……于是,每当他心烦透顶,我可怜的若瑟就会去对面喝酒,又因为他有一副好嗓子,所以那个阿尔勒女人就让他唱唱歌。嘘! ……他又开始唱歌了。"

　　她浑身发抖,两手贴着身前的窗玻璃,大滴大滴的泪珠顺着脸颊流下,让她的面容更加不堪。她就这样站在窗前,精神恍惚地听着她的若瑟为阿尔勒女人所吟唱的那一曲:

　　　　当前一位招呼说,
　　　　窈窕佳人遇上侬。

橙子(幻想曲)

在巴黎城里,橙子就如同那许多从树上掉下来,在树下被拾起堆到一处的果子一样,显出那么一幅愁云惨淡的样子。而这阴雨绵绵、寒气凛冽的隆冬时节,市面上橙子正当令。身处这些常年弥漫着寡淡中庸味道的地区,那亮丽鲜艳的果皮以及果实散发的格外张扬的浓郁香气,都为橙子增添了一抹与众不同,带上了些许波希米亚风情。在那些雾霭沉沉的夜晚,沿着人行道一路都能见到这些凄苦的橙子,堆积在流动摊贩的小推车上,被一盏纸糊的红灯笼隐约的光亮笼罩着。与之做伴的,只有那千篇一律的尖细吆喝声:"巴伦西亚①橙卖两个苏了。"即便是这叫卖,也随即就湮没在驶过此地的滚滚车轮声中,还有那轰隆隆的公共马车声中。

在四分之三的巴黎人的意识里,这种自远方而来,外表通常圆滚滚的果实,除了那截细小的绿色果蒂,几乎看不出它采撷自果树的痕迹,倒像是某种糖果或者蜜饯。不管是果实外面包裹的半透明软纸,还是总能看到橙子踪影的节日庆典,都使得巴黎人有了此种误解。尤其是将近岁末年初,城里的大街小巷遍地尽是橙子,所有的橙子皮都凌乱不堪地陷在阴沟的烂淤泥里,让人不禁联想到某棵巨大无比的圣诞树,在巴黎的上空摇晃枝干,摇落了无数枝头上沉甸甸挂满的人造橙子。于是街角巷头,随处都能见到这些果实。橙子无所不在:窗明几净的商店橱窗里摆放着一些经过精挑细选、精心修饰的橙子;监狱或是收容所门前也见得到橙子的踪影,即便大包大包的饼干和一堆堆的苹果中间也夹杂了几只;更不消说舞厅门口或是礼拜天演出的场地入口。橙子诱人的芬芳混杂了煤气灯的烟火味、刺耳的小提琴声,还有剧院顶楼的软垫座位散发出的灰尘味。这时,人们已然忘记了得先有橙子树,之后才能

---

① 西班牙城市。

结出橙子,因为当这满满登登装在箱子里的橙子从南方地区直接运到这里的时候,即便有一些经过精心修剪、改头换面的橙子树,在室外公园里露面的时间也仅一小会儿,就不得不到暖和的温室里过冬去了。

若想真正了解橙子,就应该去果树生长的地方看看——巴利阿里群岛①、撒丁岛②、科西嘉岛③、阿尔及利亚——那些碧海蓝天、阳光灿烂、吞吐着温湿气息的地中海地区。我还记得曾在卜利达④的城门口见过一小片橙树林子,那里的橙子漂亮极了!在墨绿色流光熠熠、像涂了一层釉彩的树叶丛中橙子果实闪烁着琉璃的光芒,为四周的空气镀上一圈华丽的金色光晕,周围还环绕着色彩绚烂的鲜花。这里那里树影稀疏,透过树枝间的缝隙,可以看见眼前小城的城墙、清真寺的尖塔、隐士墓的圆顶,再往上就是阿特拉斯山脉⑤巍峨的山峦群峰,山脚下绿意正浓,然而皑皑白雪却覆盖了峰顶,倒像是为大山披

---

① 西班牙省份,位于西地中海。
② 意大利地中海岛屿。
③ 法国岛屿,位于地中海。
④ 阿尔及利亚城市。
⑤ 非洲最广大的褶皱断裂山地区,阿尔卑斯山系的一部分,位于非洲西北部,西南起于摩洛哥大西洋岸,东北经阿尔及利亚到突尼斯的舍里克半岛。

上了雪白的皮草帽子,白浪翻飞,依稀似有鹅毛大雪落下。

那一夜,我正在这里,不知什么原因正逢当地30年不遇的奇特天气现象,霜冻与冬寒双双侵袭这座沉睡中的小城。清晨醒来,卜利达城已经变了模样,粉妆玉砌似的。在阿尔及利亚如此轻盈、如此纯净的空气中,雪像是珍珠碾成的粉絮。雪地反射出的莹白有如白孔雀翎羽的光芒。最美的,莫过于那片橙树林。结实的叶片上堆积着形状保持完好的霜雪,拢得笔笔直,就像是漆器盘子里盛着的果汁冰霜。打过霜的果实呈现出一种耀眼的柔美,就像是透光的白纱覆盖下的金子所发出的淡淡光芒,让人隐隐约约联想到教堂里的节日,那穿在白色蕾丝长袍里的鲜红教士长袍,包着镀金镂空花纹的祭坛所透出的金粉……

但我记忆里关于橙子最美好的回忆,还是来自芭尔毕卡格利雅,那是阿雅克肖[①]城附近的一座大花园,每天最炎热的时辰,我爱到那里去小憩,睡上些许时间。比起卜利达的橙树,那儿的橙树植株更高大,间隔更宽阔,橙树林顺着山坡一直生长到公路边,花园与公路的界限也

---

① 法国科西嘉大区首府,南科西嘉省省会。

不过是一道天然绿篱和一条水渠罢了。不远处是海,那壮丽宽广的蓝色海洋……我在这花园中度过了几多美妙时光啊!就在我的头顶上方,开满橙花、挂满橙子的橙树在灼热的空气中散发出浓郁的香气。时不时,一只熟透的橙子突然摆脱枝头的羁绊,从我眼前落下,就好像炎热暑气让它压弯了枝头,随着一声沉闷的撞击,不带一丝回响,落在了平地上。我只消一伸手就能果实在手。这些果子漂亮至极,里面的果肉呈紫红色①。在我看来,它们如此精美,而视野所及又如此醉人。透过树叶缝隙望去,海面上一片片蓝得耀眼灼目的碧波,就好像轻烟薄雾中一块块破碎的玻璃反射出的波光粼粼。与此同时,海浪颠簸起伏,推动着远处的空气荡起,浪涛富有韵律的呢喃细语摇晃着你,仿佛置身于一叶隐形的小舟,灼热的空气中橙子香气四溢……啊!能躺在这芭尔毕卡格利雅花园里睡上一觉,真是美事一桩!

但有好几次,我午睡正酣,却被突然响起的击鼓声扰了清梦,是那些可怜的击鼓手来到坡下的公路上练习。透过绿篱的洞眼,我看见了铜铸的鼓身和系在鲜红长裤

---

① 这里的橙子品种为主产地在地中海地区的血橙,果肉为紫红或者暗红色。

外的白色大围裙。为了稍微避开公路上无情扬起的尘埃和直接洒在他们身上的耀眼阳光,这些可怜的家伙聚拢到了花园边的坡脚下,挤在绿篱矮矮的浓荫下。然后他们敲起了鼓!他们可真够热的!于是,我拼命从催眠状态中挣扎着醒来,寻那些击鼓手开心,摘下触手可及处挂着的几只金红色漂亮橙子,向他们扔去。被击中的鼓手停了下来,迟疑片刻,四处环顾一番,想看看这只漂亮的橙子到底是从何处冒出来,滚落进他身边的小水渠的;然后他迅速捡起了橙子,甚至连皮都不剥,就大口地咬了起来。

我还记得,就在芭尔毕卡格利雅花园隔壁,仅隔了一堵矮小围墙,有一座比较古怪的小园子,从我所在的位置可以居高临下俯瞰这个园子。这一小块土地被设计伺弄得颇有条理。园中金黄色细沙铺就的小径两旁栽了许多黄杨树,树叶绿得逼人,园门口矗立着两棵柏树,倒为这园子增添了几分马赛地区农舍的风貌。看不见一点树荫。园子尽头有栋白色石头砌的建筑,贴近地面的地方有很多像地窖通光口似的小窟窿。我起初还以为这是座乡间小屋;可是,定睛细看,可以看见高过建筑物的十字架和远处刻在石碑上字迹难以辨认的碑文,我认出这是科西嘉人的家族坟墓。阿雅克肖一带有许多像这样的祭奠丧者的小教堂，就建在专门的园圃中央。每逢礼拜天，家族里的人们纷纷来到这里，拜祭死者的亡灵。如此甚好，死者的境遇不会像在鱼龙混杂的公共墓地那般凄凉，打扰此地静谧气氛的只会是亲人的脚步声。

从我所在的地方，能看见一位慈祥的老人每天平静地在小径上来回奔波。整个白天，他都忙着为树木裁剪枝叶，用铲子翻土，灌溉花草，小心仔细地摘除枯萎的花叶；然后夕阳西下时，他就步入家族亲人长眠的小教堂；把铲子、耙子和大喷水壶都收拾好；他带着墓园园丁特有的安详，从容地做着所有这些事。这个正直的老人恐怕自己也不曾意识到，他工作的时候是如此的专心致志，他尽量不发出声响，即便是关地下墓穴的石门也是小心翼翼，就好像生怕惊醒谁似的。在这阳光灿烂的静好岁月里，小园子的保养维护不曾惊动哪怕一只小鸟，周围也不曾沾染一丝令人悲伤的味道。只有那大海在静谧中愈显广阔，天空也似乎更加高远。而这没有完结的休憩让周围的一切，在这样一种纷纷扰扰的自然中，因为生活中的种种境遇而意志消沉，就有了一种就此长眠的感觉……

诗人米斯特拉尔[①]

一

上个礼拜天,我起床的时候,醒过来还以为自己身处富布-蒙马特大街的寓所。外面下着雨,天空一片灰蒙蒙,磨坊也一幅凄凄惨惨的景象。我很害怕独自一人在家里度过这冷飕飕的下雨天,于是立刻起了念头,打算去弗雷德里克·米斯特拉尔那里暖和暖和身子。这位大诗

[①] 弗雷德里克·米斯特拉尔(1830—1914),法国19世纪诗人,以奥克语创作。

人住在距我的松树林三里外的一个叫梅雅纳①的小村庄里。

念头一起,我就立马动身了:拄上根香桃木棍子,夹上本《蒙田随笔》,披上雨披,然后就上路了。

农田里空无一人……我们这美丽的普罗旺斯,因着信奉天主教,每逢礼拜天,田地也是要休耕的……家家户户都只留了狗在家里,农庄个个大门紧闭……隔很久,才看见一辆两轮运货马车,上面的篷布湿漉漉淌着雨水,车上一位戴着风帽的老妪身披赭黄色无袖斗篷,这些骡子也一副节日盛装打扮:蓝色的、白色的草编鞍褥,粉红丝绒小球,银的小铃铛,它们碎步小跑着,拉着满满一车农庄里的人去参加弥撒。然后,在那一边,透过薄雾,可以看到沟渠里的一叶扁舟上,一位渔夫正站着撒套网……

那天在旅途中是没办法看书了。天上下的是倾盆大雨,北风刮着一整瓢一整瓢的雨水就往人脸上泼……我一口气赶了三个小时的路,总算看到了前方的小柏树林,梅雅纳就好像怕风侵袭似的,隐藏在林子深处。

村落的街头巷口看不到一只猫的影子;全村人都去做大弥撒了。当我从教堂门前经过时,蛇形风管正隆隆

---

① 法国城镇,位于罗纳河口省。

地演奏,透过彩绘玻璃,我看见里面许多大蜡烛正闪闪发光。

诗人的住处在村子尽头;左手边最后一栋房子,坐落在圣雷米大街上——这是一座门前带花园的两层小楼……我轻轻地走了进去……没人!客厅的大门关着,但我听见门后传来有人走动的声音,还高声说着话……这脚步声和嗓音听上去十分熟悉……我在墙壁刷了石灰的小走道里驻足停留了一会儿,手按在门把手上,心情十分激动。我的心突突直跳——他在家。他正在创作……是不是该等他把这节诗写完了?……当然!算了,还是进去吧。

二

啊!巴黎人啊,当一个来自梅雅纳的诗人到你们这里,向他的米瑞伊[①]展示巴黎的一切时,当你们经常在沙龙里,见到这个活脱脱城里人打扮的夏克达斯[②],身穿衣领僵直的衬衫,头戴让他倍感拘束的大礼帽,这玩意儿就

---

① 米斯特拉尔发表于1859年的代表诗作《米瑞伊》中的女主人翁。
② 夏多布里昂作品《阿达拉》中的男主人翁。

和他得到的荣耀一样让他不自在,你们以为自己见到的人就是米斯特拉尔了……不,这绝对不是他。世上只有一位独一无二的米斯特拉尔,就是我上个礼拜天突然去他村上拜访的那一位:只见他歪戴毡帽,一副毫不在意的样子,上身一件紧身礼服,没穿背心,腰间围了一条加泰罗尼亚风格的红色羊毛腰带,他两眼炯炯,灵感的火焰染红了他的双颊,笑容可掬,看上去真是个漂亮人儿,气质高雅得就像个希腊的牧人,他双手插在口袋里,一边踱着大步,一边酝酿诗句……

"怎么!你来了?"米斯特拉尔大叫一声扑过来搂住我的肩膀,"你能想到来这里真是太好了!……今天可太巧了,恰好是梅雅纳的节日呢。我们这儿有阿维尼翁来的音乐表演、斗牛比赛、教堂的仪式队列、法兰多拉舞,可是很精彩呢……母亲去做弥撒很快要回来了;我们一起吃午饭,然后,哧溜!我们去观看漂亮姑娘跳舞……"

就在他说话的这会儿工夫,我心情激动地用目光环视着这间悬着浅色挂毯的小客厅,在这间久违了的小客厅里,我曾经度过许多美好时光。一切依然是老样子。还是那张黄方格子布的长沙发,还是那两把草编的扶手椅,壁炉上依旧摆放着断臂维纳斯和阿尔勒的维纳斯小像、画家艾贝尔①为他作的肖像画、艾蒂安·卡加为他拍摄的照片。然后是客厅一角,靠近窗户还是那张书桌——一张小得可怜,像是税务员用的办公桌,桌子上摆满了旧书和字典。我看见书桌的中央放着一本打开的大本子……那是《卡朗达尔》,弗雷德里克·米斯特拉尔新创作的诗歌作品,这部作品得在今年年底圣诞节那天出版发行。这部史诗已经耗费了米斯特拉尔整整七年的心血,近六个月前他终于落笔写完了全诗的最后一句;即便如此,他还是不敢停笔。你们明白的,总会有这段或那段的诗节需要修饰润色,总会有更朗朗上口的韵脚可以代替原来的……米斯特拉尔用普罗旺斯方言写作,他用心创作着诗歌,就好像所有人都读得懂这门语言,所有人都会考虑到他呕心沥血的艰辛……啊!多么正直勇敢的诗人,这个米斯特拉尔正如同蒙田所描述的那一类人:"你们回忆一下这样一种人,当别人问他为何费劲心思、呕心沥血去推敲琢磨这种只有少数人才弄得懂的阳春白雪之时,他的回答是:极少数人已经足够。有一知音足矣,无一知音亦足矣。"

---

① 欧内斯特·艾贝尔(1817—1908),法国19世纪画家。

三

我双手捧起写有《卡朗达尔》诗稿的本子,满怀激动地翻读着……忽然,窗外的大街上响起了一阵短笛和长鼓演奏的乐曲,于是我的米斯特拉尔赶紧跑到橱柜跟前,取出几只玻璃酒杯和几瓶酒,把桌子拖到客厅中央的位置,然后为乐手们敞开大门,并对我说道:"你别笑话……他们是为我来演奏晨曲的……我是市议会议员。"

小小的客厅于是挤满了人。乐手们把长鼓搁在椅子上,旗子倚在屋角,温过的葡萄酒一杯接一杯地传递到了大家手中。接着,大家以祝愿弗雷德里克身体健康为名,干掉了几瓶酒之后,态度严肃地谈论了关于节日的一些问题:今年的法兰多拉舞会不会也像去年那么棒啦,参加比赛的牛是不是身体状况良好啦。乐手们很快告辞了,他们要去其他议员家里演奏晨曲。正在这时,米斯特拉尔的母亲回来了。

只片刻工夫,餐桌就布置好了:铺上了雪白的漂亮桌布,摆上了两副餐具。我对他们家的习惯了如指掌:我知道每当米斯特拉尔有访客,他母亲就不会上餐桌……这可怜的老太太只会说普罗旺斯方言,同说法语的人交谈会浑身不自在……更何况,厨房里也离不开她。

上帝啊!那天早晨尝到的这餐有多么精美啊:炙烤山羊羔、山里奶酪、葡萄酿酱、无花果、麝香葡萄。这些美味还需有佳酿匹配,教皇新堡葡萄酒倒进玻璃酒杯呈现出完美的玫瑰红色泽……

餐后品尝甜点的时候,我去取来记录诗稿的本子,放到了米斯特拉尔跟前。

"我们之前说好了要一起出门的。"诗人笑吟吟地说道。

"不行!不行!……读《卡朗达尔》!读《卡朗达尔》!"

米斯特拉尔拗不过我,就一边用手击打着诗歌的拍子,一边用他动听温柔的嗓音,吟诵起了诗歌第一章:

"女孩为爱已痴狂,诉说呢喃道别伤,歌起卡西[①]一小客,可怜汝是捕鳗郎……"

屋外,祈祷[②]的钟声响起,广场上放起了鞭炮,短笛手和长鼓手在大街小巷穿梭演奏。让人牵着来参加奔牛赛的公牛们一个劲地哞哞叫。

---

① 法国普罗旺斯-阿尔卑斯-蓝色海岸大区罗纳河口省的一个镇。
② 这里指的是晚祷,一开始在晚上进行,后来也在下午进行。

而我则双肘支在餐桌布上,热泪盈眶地聆听着这个关于普罗旺斯小渔夫的故事。

四

卡朗达尔只是个普通的渔夫;是爱情让他变成了英雄……为了赢得他的女友,美丽的爱斯特蕾尔的芳心,他完成了许多奇迹般的功绩,即便是赫拉克勒斯的 12 项苦差①,与他为爱斯特蕾尔所做的比起来也是小巫见大巫,完全不值一提。

有一次,他脑子里生出了致富的想法,就发明了一件了不起的捕鱼工具,把大海里所有的鱼都领回了港口。还有一回,他制服了纵横奥利乌勒②山峡谷的凶恶强盗——赛维兰伯爵,卡朗达尔追得他狼狈不堪,甚至直捣他的老巢,闯到了他那些强盗同伙和众多情妇门前……

---

① 赫拉克勒斯,希腊神话中的著名英雄,完成了 12 项被誉为"不可能完成"的伟绩:杀掉涅墨亚的狮子、杀掉勒尼安的海德拉、捕获阿尔忒弥斯的赤牝鹿、活捉厄律曼托斯山上的野猪、清洗奥吉亚斯的牛厩、杀掉廷法罗斯湖怪鸟、制服克里特岛上的公牛、制服狄俄墨得斯的食肉马、夺取亚马孙女王希波吕忒的腰带、牵回巨人革律翁的牛群、摘取赫斯珀里得斯的金苹果、活捉哈得斯的三头犬刻耳柏洛斯。
② 法国城镇,位于瓦尔省。

年轻的卡朗达尔可真是个勇敢的小伙子!有一天,在圣博姆高地①,他遇上了两伙人,这些人来到这里是打算在雅克师傅的墓前,挥舞着大卡钳解决两派之间的纠纷。请注意这个雅克师傅就是搭建这座所罗门神庙的普罗旺斯人。卡朗达尔一头冲进正在搏斗厮杀的人群,说服他们,把他们安抚下来……

这些都是超凡之举!……吕尔②的岩石山顶上,有一片常人可望而不可即的雪松林,从没有樵夫敢于攀顶。但卡朗达尔就有胆子上去。他独自一人在上面待了 30 天。在这 30 天里,人们听见他挥舞斧头砍进树干发出的咚咚声。森林在尖叫:这些树龄久远的巨树,就这样一棵接着一棵,轰然倒地又滚进深渊;等到卡朗达尔回到山下,山上的雪松林里已经寸木不留了……

最后为了奖赏这位捕鳀郎完成的诸多功勋,他获得了爱斯特蕾尔的爱情,也被卡西城的居民任命为城市执政官。这就是卡朗达尔的故事……但是卡朗达尔又有什么要紧呢?这首史诗首先展现的是普罗旺斯——普罗旺斯的海,普罗旺斯的山,还有它的历史、风土人情、传奇故

---

① 位于法国普罗旺斯。
② 法国城镇,位于上索恩省。

事、优美景色,以及它朴实自由的人民,而这个民族在濒临消亡之前拥有了这位伟大的诗人……现在,你们铺设铁路,竖起电报杆,把普罗旺斯方言驱逐出学校吧!但普罗旺斯会因《米瑞伊》和《卡朗达尔》而永垂不朽。

五

"谈诗谈得够多的了。"米斯特拉尔合上诗稿本子,说道:"我们该去看看节日活动了。"

我们出了门,全村人都涌到了街上;北风将天空荡涤得万里无云,雨水打湿的红屋顶上阳光又欢快地闪烁着光芒。我们正巧赶上观看教堂的仪式队列返回。整整一个小时,队伍络绎不绝,一眼望不到尽头,有身穿带风帽无袖的卡古尔大衣的苦修士,有白衣苦修士,有蓝衣苦修士,有灰衣苦修士,有戴面纱的女子组成的慈善会,有金花玫瑰旗帜,有四人抬着的褪金木质圣人像,有手持大把花束的彩釉陶质圣女雕塑像,有祭礼长袍,有圣体显供台,有绿色天鹅绒神龛天盖,有白丝绸框的带耶稣像的十字架,这一切,在烛火和太阳的光芒映照下,在圣诗和连祷文的吟诵声和悠扬的钟声中,随着风起起伏伏。

教堂的仪式队列游行结束后,圣人们的圣像被送回了各自的祭台,我们就去看斗牛了,之后是打谷场上的各种竞技游戏,比如男子摔跤、三级跳远、勒死猫游戏①、羊皮袋游戏②,整一派热热闹闹的普罗旺斯节庆气氛……我们返回梅雅纳的时候,夜色已黑。广场上,就在那家米斯特拉尔与友人西道尔约了晚上要聚会的小咖啡馆门前,燃起了熊熊的欢快的节日篝火……人们正在组织法兰多拉舞。黑暗中各处都亮起了剪纸灯笼;年轻人都就位了;很快,随着长鼓声的召唤,围着篝火的人们开始疯狂地舞起来,这热闹喧腾的狂欢将持续一整夜。

六

晚餐过后,我们感到十分疲倦,没力气在外面逛了,于是上楼去了米斯特拉尔的卧室。这是间非常朴素的农家卧室,里面摆放着两张大床。墙上没有贴墙纸;屋顶的房梁都能清晰看见……四年前,当文学院颁发了三千法郎的奖金给《米瑞伊》的作者时,米斯特拉尔夫人曾经有

---

① 一种活结游戏。
② 以前在农民中很流行的一种游戏,游戏玩家需要单脚着地,手持一只充满气或者装满葡萄酒,外层事先涂上油脂的羊皮袋往前冲,速度最快且没有滑落者为优胜。

过想法,于是问他儿子:"我们要不要给你的房间挂上挂毯,装个天花板?"

"不成!不成!"米斯特拉尔回答说,"……这个钱属于诗人们,我们别动它。"

于是卧室就保持着这种光秃秃、不加修饰的状态。不过,因为这笔属于诗人们的钱一直还在,所以到米斯特拉尔家来叩门的人总能有求必应……

我把《卡朗达尔》的诗稿带到了卧室里,打算在睡前让他再给我读上一个片断。米斯特拉尔为我选了关于彩瓷的那一段。原文大意如下:

在某一次我也不记得在哪儿吃的盛宴上,有人在餐桌上摆放了一套美轮美奂、产自穆思捷①小镇的彩瓷餐具。每个盘子的盘面都用蓝色的釉彩绘制了一个以普罗旺斯传说为题材的图案;这个地区全部的历史都呈现在盘面上。而且我们应该好好看看诗人该是怀着多么浓郁的爱才能够这样描述这些彩陶盘子;每个盘子都配了一段诗,如此多的小诗展现的又是怎样一种质朴和才情啊,堪与忒奥克里托斯②的田园小诗媲美。

---

① 穆思捷-圣玛丽村,为普罗旺斯地区盛产陶瓷制品的地方。
② 忒奥克里托斯(c. 310BC—251BC),古希腊著名诗人,田园诗派鼻祖。

听着米斯特拉尔用这美丽的普罗旺斯方言为我吟读他的诗作,说着这种余留着绝大部分拉丁语痕迹,曾几何时还在王后们的口中说出,现如今却只有本地的牧人通晓的美丽语言,我从内心深处钦佩这个男人,而且,当我一边想着他是在怎样的废墟中找回自己的母语,并为其付出那么大的努力,我脑海里就会闪现出某座曾属于莱博亲王的古老宫殿的样子,这样的宫殿在阿尔皮尔山①麓能看得到,它没有了屋顶,台阶扶梯失去了栏杆,窗户上没一块玻璃,建筑的三叶尖拱被敲碎,门上的纹章图案被青苔吞噬,一群母鸡在宫殿的前院觅食,几头猪在走廊的精美小圆柱下打滚取乐,驴在杂草丛生的小祭坛里啃着青草,鸽子飞到积满雨水的巨大圣水缸边饮水,而最后,在这一片残垣断壁中,三两户农民已然在古老宫殿的侧翼造上了几间茅草屋。

然后,某一天阳光灿烂,造了茅草屋的其中一户农民,他家儿子爱上了这片废墟,对别人如此糟蹋这里气愤莫名;很快,他把牲畜们赶出了前院,在仙女们的帮助下,他重建了高大的台阶,给墙壁重新装上了护墙板,给窗户安上了玻璃,重新竖起了高塔,为王座所在的大殿重新涂

---

① 阿尔皮尔山,位于罗纳河口省。

上金色,让一座曾经住过教皇和皇后的雄伟旧宫殿重又拔地而起。

这重建的宫殿,正是普罗旺斯的方言。

而这农民的儿子,名叫米斯特拉尔。

在卡马尔格

一
动身

城堡里人声嘈杂。邮差刚送来巡逻员的一张便条,上面半是法文半是普罗旺斯文。条子上告知说,已经有两到三批不错的苍鹭和黑尾塍鹬①鸟群飞越此地,而且不乏一些珍稀鸟类。

"跟我们一起来吧!"我和蔼可亲的邻居们

---

① Galéjon 为卡尔马格当地人对苍鹭的特称。Charlottine 为普罗旺斯方言中对黑尾塍鹬的称呼。

在给我的便条中写道。于是这天清晨，天蒙蒙亮，不过五点光景，他们的那辆敞篷四轮大马车，便载着枪支、猎犬和食物，来到小山丘脚下接我。我们的车子驶上了通向阿尔勒城的大马路。路面有些干燥，显得光秃秃的。在这个12月的早晨，油橄榄树浅浅的花芽影影绰绰，而胭脂虫栎那色泽鲜明的绿叶有些过冬的意味，且分明像是人工做出来的。牲畜棚动起来了。天还没亮，就有人醒来，点点灯火映亮了农庄的窗户。蒙玛卓尔修道院的石壁犬牙交错，一些半梦半醒、睡眼惺忪的白尾海雕在一片残垣断壁中扑打着翅膀。但是，我们沿着水渠边，仍然能碰到一些乡下老妪骑着小毛驴，一溜小跑着去赶集。她们来自莱博城。这些老妇往往赶上整整六里地的路程，只为了能到圣多菲姆大教堂门前的石阶上坐上一小时，兜售那些她们从山上采来的一小捆一小捆东西……

现在我们来到了阿尔勒城的城墙下。低矮的城墙上筑有雉堞，这情形有点像我们在古代版画上可以见到的某个画面，手持长矛的勇士站在不及他们身高的斜坡上。我们的马车一路疾驰穿过这座美轮美奂的小城。浑圆雕花的阳台，像那种阿拉伯式建筑特有的遮窗木格栅一样，向前延伸到狭窄的街道中央；年代古老的黑色房子，有着许多摩尔式风格的低矮尖拱小门，仿佛带着你穿越回短鼻子纪尧姆①和撒拉森的时代。此时，街道上还没有行人。只有罗纳河岸边显得十分热闹。石阶下，在整个卡马尔格河道航行服务的蒸汽船已经生火加热，蓄势待发。一些身着红棕色粗斜纹尼制服的财产管理人，和一群到农庄去打零工的拉罗克特村女孩，也同我们一样上了甲板，他们互相之间有说有笑。褐色长斗篷让清晨凛冽的寒风吹翻开来，露出里面梳着阿尔勒地区女子特有的高耸发型的脸蛋，显得既高雅又娇小，还有一点点放肆的味道，她们很想站起身把这笑声和俏皮的玩笑话传到远处……钟声响起；我们出发了。伴随着罗纳河水流、轮船船桨和米斯特拉风的三重加速，两岸的景色飞快地向后移动。一边是克罗平原，土壤干燥，多生石子。另一边则是卡马尔格，更为绿意盎然，矮草地和长满芦苇的水泽一直绵延到海岸边。

轮船不时靠上一座浮桥码头，这码头忽而出现在左岸，忽而又在右岸，这地界一会儿属于帝国，一会儿属于王国，这种说法源自中世纪阿尔勒王国②那会儿，直到现

---

① 杰隆的纪尧姆，又称阿基坦的纪尧姆（750/755年—814年），卡洛林王朝时期阿基坦公国贵族，执掌军事权，在与撒拉森军队作战中被克尔索酋长削去鼻尖，因而得名。死后列为圣人。
② 指的是12到14世纪左右的阿尔勒王国，属于神圣罗马帝国的属国。

在罗纳河上的那些老水手还这么说。每一处码头都有一座白色的农庄和一丛林子。匠人们背着工具下船,妇女们手里挽着篮子笔直走在舷梯上。有的人去帝国,有的人去王国,慢慢地船上的人下完了。等到了我们下船的吉罗的农舍码头,船上几乎没有人了。

吉罗的农舍是个属于巴邦塔纳①镇的老爷们的古老农庄。我们进到庄子里等巡逻员,他会到这里来接我们。在农庄高大的厨房里,庄子里所有的男人,不管是种地的、栽葡萄的,还是牧羊的,甚至小牧童,全都围坐在餐桌前,他们表情肃穆,一言不发,细嚼慢咽地吃着饭,为他们上菜的女人们要等他们都吃过了才能吃。没多久,就见巡逻员赶着小车过来了,活脱脱一个菲尼莫尔②笔下的人物,水上陆地都是一把好手,既是渔场巡逻员又是猎场看守,当地人都管他叫"路路管"③。那是因为,人们总能在拂晓的薄雾中,或者日暮的余晖中,看见他藏匿伺伏在芦苇丛中,或者纹丝不动地趴在他那条小船上,目不转睛地监视着他下到水塘或者灌溉渠里的捕鱼篓子。也许正

---

① 法国普罗旺斯-阿尔卑斯-蓝色海岸大区罗纳河口省的一个市镇。
② 詹姆斯·菲尼莫尔·库珀(1789—1851),19世纪初美国著名小说家,《最后一个莫西干人》的作者。
③ "巡逻员"的普罗旺斯语音译。

是得益于长期所从事的这种监视工作,他养成了沉默和专注的习惯。他一边赶着这装满猎枪和篮子的小车子在我们前面走,一边详细地告诉我们关于打猎的一些信息,过境的鸟类数量、猎到候鸟的一些区域,等等。聊着聊着,我们就进入了猎区的深处。

走过农耕区域,我们来到了卡马尔格的荒野腹地。在这一望无垠的牧场,茫茫的盐角草中一洼洼沼泽地、一段段灌溉渠闪着光芒。一丛丛柽柳和芦苇是这宁静海面上的点点小岛。不见一株高大树木,原野上广袤无垠,浑然一体,丝毫没有突兀的感觉。每隔一段遥远的距离就能见到一个牲畜棚子,低矮的屋檐无限延伸,就好像贴着地平线一样。那四散的牛羊群,或卧倒在盐草地中,或正紧紧围绕着牧人红棕色的斗篷行走,它们不曾打破这种浑然如一,在天地一色汇成的无尽碧蓝空间中显得如此渺小。就像海浪滔天却依旧平静的海面,这片原野散发出一种孤独、广袤的气息,而那永无休止、毫无障碍地吹着的米斯特拉风则增添了这种孤独感,这风儿强烈的一呼一吸间,似乎要让这原野更平坦,更无垠。见到它,世间万物都将弯下腰。连最矮小的灌木都留存着风经过的印记,摆出被风的力量扭曲而成的姿态,向着南方五体投地,这样一种永远的逃逸姿势……

二

窝棚

屋顶是芦苇秸,屋墙是晒干发黄的干芦苇,这就是所谓的窝棚。我们打猎的约会地点就叫窝棚。这窝棚是间卡马尔格特色房子,只有唯一一间高大宽敞的房间,房间没有窗,白天阳光从玻璃门照亮屋里,到了夜晚,则用木遮板把门关严实。用石灰粉刷过的高大墙面上的木架子正等待着猎枪、小猎袋和长筒套靴进驻。屋子最里头,五六个摇篮排列在一根桅杆旁边,这桅杆底端埋入地下,上端直达屋顶,支撑着整个屋子。每到夜晚,当米斯特拉风吹得整个屋子都嘎嘎作响,远处的海涛汹涌,还有这风将大海的声音从远处携来,无限扩大时,人们就好像睡在轮船舱内似的。

但却是在每天下午,窝棚显得那么迷人。在法国南方晴朗的冬日里,我喜欢独自一人待在正燃着柽柳树根的高大壁炉边。米斯特拉风或者北风吹过,门弹来弹去,芦苇尖叫。所有这些晃动不过是包围着我的大自然那巨大的震动所带来的小小回声罢了。冬日的阳光受到这巨大的气流鞭笞,扩散开去,又聚集起来,再四散开去。那令人赞叹不已的蔚蓝色天空中大朵大朵流云竞相追逐。阳光断断续续地漏下来,声音亦是如此:那羊儿脖子上的铃铛声突然钻入耳朵,随即被遗忘,消逝在风中,接着又回来飘荡在摇摆的门缝下,像那魅力无穷的副歌旋律一样再次响起……最美妙的时刻是黄昏时分,猎手们到来之前的一刻。这时风已经平息。一轮硕大的红日静悄悄地爬下山,红艳艳像火一样,却全然感觉不到一丝灼热。夜幕降临,挥着它湿淋淋的黑色双翼,从你身上擦过。就在那里,贴着地平线,一道火光伴着那近旁火红星星的光芒,在夜色里划过。在最后的日光里,一切生命忙忙碌碌。一群排成大大的人字形的野鸭飞得极低,就像要着陆一般。忽然,那窝棚里点起了小油灯,惊跑了这群野鸭:队伍里领头的那只野鸭仰起脖子,冲向九霄,而其他的野鸭紧跟其后,也向更高的地方飞去,一边还发出惊吓的鸣叫声。

没多久,忽闻一阵巨大的踏步声自远而近,仿佛暴雨擂打着地面。无数绵羊在牧人的召唤下、牧犬的骚扰下,惊慌失措、杂乱无章地向羊棚聚集,纷乱的蹄声与急促的粗喘声交织在一起。我被卷入这团团卷曲的羊毛和声声咩咩惊叫的漩涡中,搞不清状况,仿佛涌起滚滚巨浪,连那些牧人和他们的影子似乎也被拱上了浪尖,随之起伏不定……羊群之后是熟悉的脚步声和阵阵欢声笑语。窝棚里挤满了人，熙熙攘攘，人声鼎沸。藤蔓枝燃起熊熊大火。越是疲劳越要放声大笑。这是幸福的累，已然让人乐得飘飘然。猎枪都倚在墙角，长筒靴乱七八糟丢得到处都是，猎物袋全倒空了，旁边满是棕红的、金黄的、翠绿的、亮银的、沾了斑斑血迹的羽毛。餐桌已摆放好；当热气腾腾、美味无比的鳗鱼汤一上桌，众人忽地鸦雀无声，都安安静静、胃口大开地吃着喝着，其间唯有趴在门前摸索着舔餐盆的猎犬，吼出几声凶狠的吠叫，才偶尔打破这一片宁静的氛围……

饭后大家只聊了一会儿天。不久火光闪烁的炉火旁，便只剩下我和巡逻员。我们有一搭没一搭地聊了起来，就是说，像乡下人那样，时不时你冒出半句话，我蹦出一个词，这些说出口的感叹词很有些印第安土著的风格，说得既简短又飞快，就像快烧光的藤蔓枝的火星儿，最后的一星半点忽地就灭了。终于，巡逻员站起了身，点上提灯，接着我便听见他沉重的脚步声消失在黑夜中……

三
守候①

"守候!"这该是多么漂亮的一个词语,它表示埋伏的狩猎者为了窥伺猎物而作的等待,在这介于昼夜交界的时刻,一切都在等待着,守候着,犹豫不定。早晨的守候略早于日出时分,晚间的守候则在黄昏时刻。这两者中我偏爱后者,特别是在这泽国水乡,池塘波光粼粼更能长久地留住薄暮霞光……

有时候,猎人会守候在一种叫做"淹死狗"的小船里,这是种没有龙骨的窄小渔舟,竹篙稍微用力就能划动。猎人借着芦苇丛的掩护,伏在小舟里窥伺那些野鸭,略微高出小舟的只有鸭舌帽沿、猎枪枪管、猎犬的小脑袋。猎犬时而迎风嗅着气味,捕捉蚊虫,时而伸展四只粗大的狗爪子,使得小舟倾向一边,让船里灌进许多水来。对于我这样丝毫没有经验的人,这种守候太过复杂。因此通常来说,我会选择徒步去守候,脚蹬用整块皮革裁制的巨大长筒皮靴,在一汪汪沼泽中深一脚浅一脚地前进。我走

---

① 法国南部包括里昂地区用这个词来表示打猎时打埋伏。

得极慢，小心翼翼，生怕陷入泥沼中。我尽量避开那些充斥着咸湿气味、满是蹦蹦跳跳青蛙的芦苇丛……

终于，我来到一座柽柳生长形成的小岛，这里有一小块干燥的地方，正好可以让我站立。巡逻员照顾我，把猎犬留给了我，这可是条体型巨大的比利牛斯獒犬，有着一身浓密的白色长毛，无论林猎、捕鱼水平都属一流，但它在这里只会加剧我的恐惧。当一只黑水鸡进入我的猎枪射程，猎犬便带着嘲笑的神情瞥了我一眼，同时后退几步到我身后，像艺术家一样头一点，两只软塌塌的长耳朵便耷拉在眼前，接着摆出见到猎物便收足立定的姿势，尾巴摇来摇去，显出一副迫不及待的神情，好像在说："开枪啊……倒是赶紧开呀！"我开了枪，却没有打中。于是它伸展开身子，一边打哈欠一边伸了个懒腰，露出一副疲惫不堪、灰心丧气、傲慢无礼的神态……

好吧！我承认，我这个猎手水平糟糕极了。守候对我来说，就是日暮时分，阳光渐弱，躲进水里，而池塘波光粼粼，将暮色暗淡的灰黑色苍穹打磨成一片纯银色调的夜空。我爱这水的气味，爱这昆虫在芦苇丛中发出的神秘沙沙声，还爱那颤巍巍的细长叶片吐露的呢喃细语。时不时，一道伤心的音符划过天空，就好像嘀嘀吹响的海螺号。麻鸦将它那鱼鹰似的巨大喙嘴探进了水底，然后吹气……呜辘辘!……头顶上一队队野鹤飞过。我听见了羽翼摩擦的簌簌声,凛冽寒风吹得羽绒一片散乱,还有那小骨架过分劳累而发出的咔咔声。之后,什么声音都沉寂了,只有黑夜,沉沉的黑夜,和那一点点日光残余在水中央……

突然,我感到一阵颤抖,一种莫名的神经紧张,就好像我身后有人。我转过身,看见了良宵伴侣——一轮明月,那是一轮圆圆的满月,上升的速度起初很明显,越是远离地平线越发缓了下来。

第一抹月光倾泻在我的身畔,又一抹照得更远……这下,整个沼泽地都被照亮了。连最矮小不起眼的草窠都有了一丛倒影。守候结束了,鸟儿都能看见我们,是时候返回了。我们往回走着,沐浴在那莹蓝迷蒙的轻盈月光中;每一个落在水洼或者沟渠上的脚步,都会搅乱水底那点点繁星和明月的倒影。

四
红与白

就在我们的住处附近,距离窝棚仅一个射程的距离,有另一间窝棚,与我们这间有些相像,却更简陋些。我们的巡逻员和他的妻子,以及他们孩子中最年长的两个住在里面:大女儿负责给猎人们准备一日三餐,并缝补缝补渔网;大儿子协助父亲放置捕鱼篓和监测池塘水闸。另两个年幼些的孩子在阿尔勒城孩子的奶奶家里。他们要在奶奶家一直待到学会读书认字,度过他们的节日(即初领圣体)之后再回来,因为此地距离教堂和学校着实太远,更何况,卡马尔格这边的空气对这些小孩子来说也没什么好处。事实上,一到夏季,当沼泽地干涸,灌溉渠里的白色淤泥被烈日炙烤得开裂,那会儿的卡马尔格可真没法住人。

这样的情景,我曾经见过一次,那是在 8 月,我到此地捕猎当年生的小野鸭,所看到的满地生烟、既凄凉又残酷的画面令我终生难忘。不管走到哪里,池塘在毒日炙烤下水汽腾腾,就好像无数巨大的酿酒桶,仅余水洼底部还有些许生命残存着、挣扎着,乱扭乱窜的蝾螈、蜘蛛还有水蝇拼死寻觅着湿润的角落。空气中传播着时疫,弥漫着厚重的瘴气,无数蚊虫乱舞,扬起一团团浓浊,让这疫气更趋严重。巡逻员全家都打起了摆子,发烧不退,看到这些不幸的人黄瘦萎靡的小脸,眼眶凹陷、鼓得铜铃似的大眼,怜悯之心油然而生,他们要在这酷暑烈日下熬过整整三个月,烈日炙烤着这些发烧的人们,让他们振作不得……卡马尔格的猎场看守这日子过得可真够凄惨艰辛的！然而,我们这位还有妻子和儿女与他做伴；在两里地之外住着一位马匹管理员,他可是一年到头都孑然一身,日子过得可真像鲁滨逊。住的窝棚是他亲手用芦苇秆搭建的,里面的用具,大到柳条编织的吊床、三块黑石头砌成的火炉、柽柳树根雕成的矮凳,小到白木雕成的用来锁屋子的门锁和钥匙,没有一样不是他亲手做的。

屋子的主人也和这住处一样古怪。他属于某类像是离群索居的隐士那样沉默寡言的哲学家,乱蓬蓬的浓密眉毛下隐匿了属于农民的猜疑。若他没去牧场,就会坐在自家门前,以一种令人感动的像孩童那样的专注,慢慢地翻读某本小书,这些粉色、蓝色或黄色的小书总搁在给马匹用的药品瓶子周围。这个可怜家伙除了看书再没有别的娱乐活动,而且这些也是他全部的藏书。尽管他与我们的巡逻员是邻居,两家却没有往来。他们甚至避免相遇的可能。有一日,我问"路路管"他们互不待见的原因,他严肃地回答说:"因为政见不同……他是红色革命党人,而我是白色保王党人。"

就这样,尽管这片荒芜的土地充斥着孤独和寂寞,他们本该惺惺相惜,但这两个离群索居的家伙却一样的无知,一样的天真。这两个忒奥克里托斯笔下的牧人,每年勉强进一次城,即便是阿尔勒城的小咖啡馆和那镀金饰品和玻璃镜子,也能让他们像见到托勒密王朝①宫殿那样大呼小叫、赞叹不已,这样的两个人居然会以政治信念相悖为名,想法子互相讨厌!

五
瓦卡瑞斯湖

卡马尔格最美的地方莫过于瓦卡瑞斯湖。我时常弃了打猎的乐子,到这盐水湖边坐一坐,这一小汪海域,像是从茫茫大海中分割出来的一小块,四面环陆,它被禁闭其中,甚至已对此类囚禁司空见惯。这里和沿着海岸一线的干燥荒芜景象不同,瓦卡瑞斯湖畔地势较高,铺满绿油油的细草,好像天鹅绒一般,生长着奇特迷人的植被,诸如矢车菊、睡莲、龙胆草,还有那分外美丽的补血草,冬季蓝莹莹,夏季红彤彤,会随着环境的改变变幻色彩,四季花开不败,以多变的色调渲染着不同的季节。

近傍晚五点,正值夕阳西下,这三里长的水域没有一

---

① 公元前三世纪左右,埃及的托勒密王朝,首任法老为托勒密一世,最后的君主是女王克利奥帕特拉七世和其儿子托勒密十五世小恺撒。

叶扁舟,没有一片白帆来遮挡视线,改变这无垠的宽阔水面,这样的景致着实令人赞叹。每隔一段距离就在泥灰地的褶缝内出现一汪池塘、一条沟渠,让人感到水的渗透无处不在,只消轻轻压一压土壤,就能让水涌上地面洼地。这儿给人的感觉就是浩瀚宽广。远处的粼粼波光吸引来了成群结队的海番鸭、苍鹭、麻鸦和白腹粉翅的火烈鸟,它们沿着湖岸排成一溜捕鱼吃,任五颜六色的毛羽织成一条同样五彩斑斓的彩带。还有一些白鹳,那是真正的埃及圣鸟白鹮,它们享受着这灿烂的阳光和静谧的景致,闲适得仿佛依旧身处家乡。从我站的这个位置所能听见的,确实只有汩汩的流水声和马匹管理员呼唤着四散在湖畔饮水的马儿的喊声。这些马儿匹匹都拥有一个响亮的名字:"西法①!……勒艾斯特洛!……勒艾斯图内洛!……"每一匹马儿,一听到唤自己的名字,便立刻飞奔过去,马鬃迎风飘扬,它们跑到管理员的跟前,嚼食着他手中捧着的燕麦……

同一片湖岸更远一些的地方,有一大群牛,也像马儿这般无拘无束地啃着青草。时不时地,我能看见某丛柽

---

① 即路西法,圣经中的光之使者,古希腊神话中的晨曦之星,堕落地狱后,成为代表傲慢的魔王。

柳上方露出一段弯曲的牛背脊骨，或是挺立起几截呈新月状的牛犄角尖。卡马尔格这里养牛绝大多数是用来参加火印节竞技的，那可是村里的大节日；其中好几头已经在普罗旺斯和朗格多克地区所有的竞技场上有着响亮的名头。这个旁边的牛群里就有一头可怕的斗士，它叫罗曼，单就在阿尔勒城、尼姆城、塔拉斯孔城的斗牛赛上，我也不清楚它究竟顶破了多少人和马的肚皮。于是它就被其他同伴奉为牛群首领；因为这些奇怪的牛群都是由群里的牛自己控制的，它们都集结在一头被视为领头牛的老公牛周围。每当暴风雨骤袭卡马尔格平原，旷野中再无一物可以阻拦狂风肆虐，这时牛群里的牛就会紧紧簇拥在头牛身后，每一头牛都会低下脑袋，将全身力量聚集在宽大的前额，迎风而上。我们普罗旺斯当地的牧人管这叫"用犄角赶风"。若不这么做，这些牛群会遭遇不幸！整个牛群在大雨滂沱中目不能视，让暴风吹得分不清东南西北，失去队形的牛群会转身互相冲撞，惊慌失措，四处乱窜，一些发了狂的牛则会拼命向前奔跑，希望能借此躲避暴风雨，却猛地扎进罗纳河、瓦卡瑞斯湖或者地中海。

脖子上的安娜
——契诃夫短篇小说选

他是否还在人间
——马克·吐温短篇小说选

公主的生日
——王尔德短篇小说选

繁星点点
——哈代短篇小说选

牧师的黑面纱
——霍桑短篇小说选

黄昏的故事
——狄更斯短篇小说选

空中骑兵
——毕尔斯短篇小说选

图书在版编目(CIP)数据

繁星点点——都德短篇小说选/[法]都德著;朱燕译. —上海:复旦大学出版社,2014.1
ISBN 978-7-309-09889-1

Ⅰ. 繁… Ⅱ. ①都…②朱… Ⅲ. 短篇小说-小说集-法国-近代 Ⅳ. I565.44

中国版本图书馆 CIP 数据核字(2013)第 161030 号

繁星点点——**都德短篇小说选**
[法]都 德 著 朱 燕 译
责任编辑/于文雍

复旦大学出版社有限公司出版发行
上海市国权路 579 号 邮编:200433
网址:fupnet@fudanpress.com http://www.fudanpress.com
门市零售:86-21-65642857 团体订购:86-21-65118853
外埠邮购:86-21-65109143
常熟市华顺印刷有限公司

开本 787×1092 1/32 印张 6.75 字数 103 千
2014 年 1 月第 1 版第 1 次印刷

ISBN 978-7-309-09889-1/I·778
定价:28.00 元

如有印装质量问题,请向复旦大学出版社有限公司发行部调换。
版权所有 侵权必究